「う？」
「西洋の接吻だよ。大切な人にする、おまじない」
（本文より抜粋）

DARIA BUNKO

恋するきつねの旦那さま

弓月あや

ILLUSTRATION 榊 空也

ILLUSTRATION
榊 空也

CONTENTS

恋するきつねの旦那さま 9

恋するきつねと蒼い薔薇 155

あとがき 210

この作品はフィクションです。
実在の人物・団体・事件などに一切関係ありません。

恋するきつねの旦那さま

【prologue】

瞼《まぶた》をうっすらと開くと、そこは暗闇。

幼い雪《ゆき》は、もう自分が死んでしまったのだと思った。

（まっくら……）

目を開いても、何も見えない。何も聞こえない。誰もいない。真っ暗な闇の世界。

ここは、どこだろう。

寒さと、どこかにぶつけた身体の痛みと、何より不安が襲ってきて身体が強張《こわば》る。

（さむいよぅ）

（こわいよぅ）

（おなかすいたよぅ）

（かあさま。かあさま。……たすけて）

三歳になったばかりの雪は、必死で母親を呼ぶ。だけど応《こた》えはない。

数日前、その母が亡くなってしまったことが、幼い脳裏によみがえる。

（かあさま、しんじゃった……）

暴力的な悲しみに襲われて、涙があふれ出た。幼い雪にとって、母は全世界であり、全宇宙でもあったのだ。

唯一無二の母親の喪失に、魂《たましい》が千切れそうだった。

それだけではない。身体中が痛い。手足が棒みたいになっていて、動かない。

まだまだ小さい雪は、パニックになりそうだった。

(こわいよぅ。こわいよぅ)

その時に聞こえてきたのは、優しい声だった。

「もうすぐ家に着くからね。頑張れ」

ぴくりと瞼が動く。これは、誰の声だろう。

「家に帰ったら、温かい風呂に入ろう。そうだ、おいしいものも用意するね。きみは何が好き？　まずは温かいミルクかな。きみに飲んでもらいたいよ」

そう囁《ささや》きながら、抱きしめてくれる。安心できる温もり。

「生きていると、おいしいものを食べたりお花や木や、いろいろなものが見られたり、楽しいことやおもしろいことがいっぱいあるんだ。頑張ろう。死ぬんじゃないよ」

そう囁き続けるのは静かだったけれど、必死な声だ。

(このひと、なにが、こわい、の)

励ましてくれるこの人のほうが、怖いのだ。

懐に入れた小さな生き物が死んでしまうのが怖い。この命を失いたくないと、彼の心の声が聞こえたのだ。

（どうして？）

道端でごみ屑《くず》みたいにうずくまっていた仔狐《こぎつね》を拾い上げた。そして上等な外套《がいとう》の懐に、迷うことなく入れた人。

そう思った瞬間、冷たかった身体が温もりを取り戻す。

自分が目を覚まさないから、この人を不安にさせている。

それならば、生きなくてはならない。

そこまで考えていた時、額《ひたい》に彼の唇《くちびる》を感じた。

接吻《せっぷん》されたのだ。

「死んじゃ駄目だよ。死なないで」

路地裏に落ちていた、どこを這《は》いずり回ったか知れぬ動物に、彼は唇で触れたのだ。常識がある人間ならば、皆が眉《まゆ》をひそめる行為だろう。

「え？　ちょっと動いた」

必死の思いで雪が身じろぎすると、とたんに嬉しそうな声がする。

「動いたのかな。だったらいいな。動こう。早く動いて、楽しいことをしよう。こんなところで、死んじゃ駄目だ」

必死で励ます声は、やっぱり少し震える。

「――――もう、誰にも死んでほしくないんだ」
雪がうっすらと目を開く。見えるのは同じ闇。だけど今度は、不安ではなかった。
（あったかぁい……）
氷のような指先に、じんわりと温もりが戻ってくる。
冷えた頬《ほほ》に、熱が宿った。それを仔狐は、幸せな気持ちで感じていた。
この人といれば、安全。
守ってもらえる。怖いことは起きない。大丈夫。安心。
だってホラ、こんなに温かいもの。
よかった。この人に出逢えて、本当によかった。
この時あったのは、幼児が母親に抱く、絶対的な安堵《あんど》。
懐の温もりを感じながら仔狐は目を閉じ、眠りの中に落ちていった。

1

「――――これはまた面妖《めんよう》な……」

仔狐を連れ帰った翌朝。冷泉《れいぜい》子爵邸。その屋敷の中の大きな寝台の上で、一嶺《かずね》は絞り出すような声を上げた。

彼が銀座《ぎんざ》の真ん中で拾ったのは、真黒な仔狐だった。

連れて帰り顔や両手両足を温かいタオルで拭《ぬぐ》ってやり、身体を温めた。

……そのはずなのに。

清潔な寝台の上で人間の幼児が、すよすよ寝息を立てて眠っていた。

幼児は三歳ぐらいか。愛らしく丸々として、柔らかい。

誰もが目を細めてしまうような、可愛らしい子供だった。しかし。

こんな子供が家にいることが、ものすごく怪異なのだった。

「この子は、どこの家の子だ。それに、……なぜ真っ裸なんだろう」

そこまで考えて、いや違うと頭《かぶり》を振る。

「何より、どうしてこの子には、耳と尻尾がついているんだ」

丸くなって眠る子には、三角の耳がついている。

丸まっている姿のお尻には、ふかふかの、黒い尻尾がついていた。

「よもや、このような事態が起こるとは」

まじまじと見つめて、溜息をついた。

昨夜この寝台に寝かせた仔狐は、肢《あし》が四本。尖《とが》った鼻先。何より全身を黒い毛で覆われている、まがう方なき仔狐だったのに。

この子の身体を、熱いお湯で絞ったタオルで、何度も拭いてやったのは一嶺自身だ。間違えるはずもない。それなのに。

「春は、おかしげなことが起こるものだ……」

一嶺は悩みながらも、枕元に置いてあるベルを鳴らした。

すぐに扉を叩《たた》く音がして、一嶺の忠実な、側仕《そばづか》えが中に入ってくる。

名を荘寿《そうじ》。彼は少年時代から冷泉家に仕えている。

痩躯《そうく》で長身の彼はふだん無口で、一嶺以外の人間に心を開かない。ほかの使用人たちとは慣れ合わず、つねに一人でいることを好んだ。

舶来《はくらい》の眼鏡《めがね》をしていることから、冷たいと同僚たちに陰口を叩かれている。

ただし、敬愛する一嶺に対してだけは、別だった。

「おはようございます、一嶺さま」

晴れやかな笑顔は、主人への愛があふれている。

もっと詳しくいうと、主人のみへの愛で、ほかの人間への対応は、ごみ屑同然であった。要するに、激しく歪《ゆが》んだ性格の持ち主だったのだ。

荘寿の仕事ぶりは真面目だし、長身で見目がいい。

冷泉家の来客への対応も完璧だったので、客は口々に、いい使用人がいらっしゃるのねと羨《うらや》むぐらいだった。

だけど彼は褒めの言葉を賜《たま》わると笑顔を返すが、心を動かすことはない。なぜならば。

主人と認めた一嶺以外はどうでもいいと考える、大きな欠陥を持っていた。

ふだんの寡黙《かもく》で硬い表情の姿しか知らない者が、一嶺に向ける笑顔を見たら、全員がはぁ？と言うだろう、さわやかな微笑だった。

「おはよう荘寿」

穏やかに微笑《ほほえ》む一嶺は、まだ十五歳。身長は欧米人のように、すらりと高い。

大正《たいしょう》のこの時代、彼の長身は、きわめて稀《まれ》である。

髪が漆黒でなく明るい茶色だし、彫りの深い端正な顔立ちをしているので、一見しただけだと西洋人にも見える。

今はほっそりとしているが、まだまだ背が伸びるし、逞《たくま》しくもなる。

冷泉子爵家の若き当主である彼は、年に似合わぬ落ち着きを備えていた。

荘寿は一嶺が己の主人であることに喜びと、喩《たと》えようのない誇りを抱く青年だった。

満面の笑みを浮かべながら、荘寿は部屋のカーテンを開けていく。

「今朝はよいお天気でございます。朝の紅茶をテラスにご用意いたしましょうか」

「うん、それは素敵だね。でも、それよりこれが」

「なんでございましょう」

ひょいっと主人の手元を覗《のぞ》き込み、大きな声を上げる。

「その子供、何奴《なにやつ》でございますか。なぜ一嶺さまのご寝所に、このような妖怪が」

耳と尻尾が丸出しの全裸。妖怪というほかないのは、当然だ。

「うん。私も、びっくりした」

「もっと驚いてくださいませ。尻尾と耳を生やかしておりまする」

荘寿の慌《あわ》てた声に、一嶺はちょっと冷静になってしまった。

「うー……ん。拾ったのは仔狐だったのになぁ」

「一嶺さま、呑気《のんき》すぎます」

「あははは」

「あはははではございません。昨夜、連れ帰ったのは、黒い仔狐でございましょう」

「まさしく、その通り」

確かに一嶺が連れて帰ったのは、小さな黒狐。

こんな子供を襟元《えりもと》に入れて、歩けるわけがない。

出迎えた荘寿が、汚いものを拾ってきた一嶺に、眉をひそめた。

彼はあろうことか、捨てましょうとまで言いきったのだ。さすがにそれは実行しなかったが、本気だったはずである。

だが冷ややかに言いながらも、湯を沸かしてくれたのだ。

では、あの狐はどこに？　そして、この子供は誰？

「あの小汚い黒狐が、なぜにこのような幼児に変化《へんげ》しておるのですか」

荘寿は動揺が隠しきれない。

「なんでなんだろうねぇ。とりあえず、ちょっと静かにしておくれ」

一嶺の一言に荘寿はピタリと黙る。彼にとって主人は絶対だからだ。

「ちびちゃん。きみ具合はよくなったみたいだね。よかった」

優しい声で話しかけても幼児は目を開かないが、寝息は健やかだ。

それを見て緊急性はないと判断したのか、一嶺の声が柔らかい。

「熱もないし、肌も桃色《ももいろ》。尻尾の毛並みも綺麗になっている」

しかし、瞼がピクリと動いた。そしてそれを一嶺は見逃さなかった。

「でも、なぜ人間になったのかな。子供でもいいけど仔狐のほうが可愛いのに」

この呑気な言葉に、荘寿が身悶《みもだ》えする。

「そういう問題ではございません！」

荘寿の叫びを聞いても、まだまだ子供は目覚めない。ふっくら頬っぺは林檎色《りんごいろ》。一嶺はそれを指先でなぞってみる。

「荘寿、この子に着せられるような服は、当家にあるかな？」

「はい。一嶺さまがご幼少の頃にお召しになった洋服がございます」

「私の？　そんなもの、まだ取ってあるんだ」

「もちろんでございます。一嶺さまのお召し物は、赤ん坊の頃の産着《うぶぎ》から浴衣《ゆかた》にいたるまで、すべてこの荘寿が完璧に管理、保管をしております」

「……そうなんだ」

「わたくしが微に入り細を穿《うが》つように、月に一度の虫干し、半年に一度の洗濯をしておりますので、新品と見まがう状態でございます」

「そ、そうか。ありがとう」

「とんでもございません。一嶺さまのお洋服の手入れができることは、わたくしにとって、至上の喜びでございます」

荘寿の声がどんどん大きくなるのに、一嶺の声は、どんどん小さくなっていた。

「じゃあ、この子に着せられる服を……、いや、尻尾があるから、洋服でなく浴衣がいいかな。それと、ミルクを温めて持ってきておくれ」

「かしこまりました」

すぐに厨房へ行った側近は、ほどなくして銀のトレイを持って戻ってきた。

彼が手にしていたトレイに載るホットミルクは、厚手のカップに入れられている。一嶺はそれに蜂蜜《はちみつ》を垂らし、スプーンでかき回した。

「おいしそう。蜂蜜入りのホットミルク。早く飲まなきゃ冷めちゃうよ。起きて起きて」

一嶺はそう言いながらカップを子供の鼻先へと持っていった。

ふんわりミルクの香り。

そのせいで、ぐぅうううっと景気よく鳴った。もちろん腹の音だ。

ゆっくり顔を上げた耳つきの子供は、ひくひく鼻を動かした。温めたミルクの香りは、さぞかし魅惑的だったのだろう。

「起きないと、なくなっちゃうよ。ほわほわミルクが」

「みるく！」

がばっと起き出して、きょろきょろ辺りを見回し、ミルクを探している。

実に欲望に忠実だ。

「まだ熱いから注意して。ふぅふぅして飲みなさい。蜂蜜が入っていて、おいしいよ」

耳と尻尾だけついた裸の子供は、差し出されたカップを両手で受け取ると言われた通り、ふぅふぅした後、うっくうっくと上手に飲んだ。

一嶺はその小さな肩に、やわらかいガーゼのタオルをかけてやった。

間もなくメイドが子供の浴衣を持って、扉をノックした。荘寿が受け取り、すぐに扉を閉める。まだ正体不明の幼児がいることを、使用人に知られまいとしているのだ。

そんな気苦労性の側近の気持ちなど知る由もない幼児は、ひたすらミルクを飲んでいる。カップが大きく小さな身体なので、まるで洗面器を抱えているようだ。

やがて顎《あご》を反らして飲み干すと、ぷはーっと吐息をつく。

一嶺はそんな様子を片肘つきながら、にこにこと見つめていた。

「おいしかった?」

「う」

ミルクのひげがついた顔で返事をされ一嶺は笑い、控えていた荘寿は眉をしかめる。

「一嶺さま。そろそろお着替えをさせていただきます」

荘寿の一言に一嶺は「ああ、そうだった」と思い出したようだ。

「ねぇ、きみ。浴衣に着替えてもらってもいいかな」

「う?」

「可愛い尻尾が丸見えになるでしょう。大事にしまっておこうよ」

「うー……」

幼児が渋っていると、重々しい声がした。

「江戸《えど》の頃からこのお屋敷には、妖怪しっぽ喰いが闊歩《かっぽ》しております」

荘寿が厳かに宣《のたま》ったのは、まことしやかな嘘話だった。

「尻尾を丸出しにして寝ていると、真夜中にむしゃむしゃ食べる化け物です」

「ぴっ！」

取って付けたような怪談は、大人ならば失笑ものだ。しかし幼児は素直だった。

荘寿は冷静な表情だが一嶺は大仰《おおぎょう》に怯《おび》えた表情をしてみせる。

「おお、なんと恐ろしい。妖怪しっぽ喰いが我が家に巣食っていたなんて」

「どうか一嶺さまもご用心くださいませ。妖怪しっぽ喰いの好物は、仔狐の尻尾でございます。好物なあまり尻尾だけでなく、頭まで食べてしまうそうです」

幼児は大きな瞳に涙を浮かべ、薔薇色《ばらいろ》の頬はみるみるうちに蒼白になった。

「ユキの、おしっぽ！」

慌てて尻尾を抱え込み、ぷるぷると震えている。

「なんと恐ろしい話だろうね。さぁ、早く尻尾を隠さなくては」

もっともらしい表情で一嶺がたたみかけると、幼児は涙目でコクコク頷《うなず》いた。一嶺と荘寿は、目と目で頷き合う。その表情から見える感情は、『してやったり』だ。

「では、失礼します」

荘寿はそう言うと幼児の前に膝《ひざ》をつき、手早く浴衣を着付けてしまった。

浴衣が尻尾でめくれ上がりお尻が見えてしまったが、兵児帯《へこおび》を垂らして、うまく隠した。そばで見ていた一嶺は、出来上がりに大満足だ。

「わぁ、荘寿は上手だねぇ。可愛くできた！」

「恐れ入ります」

一方、ひらひらの帯が気に入ったのか、幼児はくるりくるりと回り始めた。

「うふ。うふふ」

ご機嫌である。一嶺もその姿に目を細めた。

「可愛いな。まるで金魚さんのようだ」

「う？」

「金魚を知らない？　ひらひらの尻びれを持つ、とても可愛いお魚のこと。きみも金魚みたいに、ひらひらだ。すごく可愛いよ」

褒められて気分がいいのか、幼児は頬を真っ赤にしている。一嶺はちょっと乱れた帯を直してやり、向き合った。

「質問してもいいかい？　きみは昨夜、私が助けた仔狐で、合っているかな」

「う！」

一嶺の眉間《みけん》に皺《しわ》が寄る。

小さくて、いとけない仔狐だったのに、むちむちした幼児に変化したのだ。

悩んで当然。むしろ悩まないほうが、どうかしている。

「きみは、どこから来たの？」

「うー……」

「ふぅん。遠いところから来たんだ」

「うっ！」

「一嶺さま、この妖怪の話す言葉が、おわかりになるのですか」

二人の会話を聞いていた荘寿が、驚きの声を上げた。

「勘だよ。さて、きみは行くところはあるのかな」

「うー……」

呻《うな》り声を上げて黙り込んだ幼児を見て、一嶺はよしよしと頭を撫《な》でてやる。

「じゃあ、これから先が決まるまで、ここにいるといいよ」

「う？」

「この家はうるさい大人がいないから、自由に暮らせるんだ。素敵だろう？」

一嶺の言葉に幼児は瞳を輝かせ、荘寿は目を吊り上げた。

「僭越《せんえつ》ながら、このような事態を見過ごすわけには参りません」

「なんだい、藪《やぶ》から棒に」

「お立場をご自覚ください」

「私は別に立場などないよ」

「何をおっしゃいますか。誉《ほま》れ高き冷泉子爵家の若き当主、一嶺さま。そのおそばに、こんな汚く面妖な子供を置くなど、もってのほか」

「荘寿は私を、丹頂鶴《たんちょうづる》か何かと勘違いしていないか」

「とにかく天が許しても、荘寿が許しません！」

蒼白な顔で叫ぶ彼の姿は、異様であった。

しかし一嶺はまったく恐れることもなく笑う。

「荘寿は怖いねぇ」

「一嶺さまが無頓着《むとんちゃく》すぎます」

「はは、でも、この子は汚くないよ。昨夜タオルで拭ったし」

「そういう問題ではございません」

一嶺は肩を竦《すく》めながら、仔狐に話しかけた。

「それにしても、どうして一人っきりで倒れていたんだろう」

「一嶺さまは、なぜそんなにお優しいのですか」

仔狐は上目遣いに見るばかりで、何も答えようとしない。

「きみはまだ幼いように見えるけれど、ご両親は心配されていないのかな」

一嶺は、あくまでも優しい態度だ。帰りなさいと諭《さと》すことも、強要することもない。

「そろそろ、おうちに帰りたくなってきたんじゃないかな。大丈夫？」

しかし仔狐は、ぷるぷると頭《こうべ》を振り俯《うつむ》いた。

「どうしたの？」

辛抱強く訊《き》いてやると、小さな小さな声で、ポツリと呟《つぶや》く。

「もう、おうち、かえらない」

「どうして？」

そう訊いても仔狐は答えない。ただ黙って俯いている。

「ねぇ教えて。どうして家に帰りたくないの？」

この優しい声に答えたのは、仔狐ではなく荘寿だ。

「どうせオヤツを盗み食いして、親狐に怒られたんでしょう」

「荘寿、お前は黙っていなさい」

鶴の一声で黙り込んだ静かな瞬間、ぽつりと呟く声がした。

「かあさま、しんじゃった、の」

「え」

その一言で温かい部屋の中は、雪が降る屋外よりも寒くなる。

先ほどまで小バカにしていた荘寿も、さすがに何も言えなくなっていた。

「……それは、つらかっただろう」

優しい声から逃れるよう、仔狐はぶんぶん首を振る。

まるで、わずらわしいものを振り払うような仕草だ。

「ユキも、しにたい」

たどたどしいのに、幼児のものとは思えない冷えた声だった。

「ユキも、しぬ。かあさま、あいたいの。あいたい……」

「それは駄目だよ。親より先に子供が死んでしまうのは、逆縁だ」

「ぎゃくえん?」

「親が子供の供養をすることを、逆縁と言うんだ。罪を犯せば、地獄に堕《お》ちてしまう」

「じごく、でも、いい」

仔狐が洩《も》らしたのは、痛ましい言葉だった。

「閻魔《えんま》さまが大きな、やっとこで舌を引き抜くんだよ」

「それでもいい。かあさまがいないの、やだ。ぜったい、やだ」

しくしく泣き出してしまった幼子を、一嶺も荘寿も、どうにもできないでいた。

大きな両目に涙を浮かべて、幼い声で言葉を紡ぐ。

「死ぬなんてことを言ったら、きみのお母さまが悲しむよ」

痛ましそうに見つめた一嶺は、静かな声で諭すしかない。

「きみ、お父さまはどうなさったの? こういう時こそ、力を合わせなきゃ……」

「とおさま、キライ!」

驚くほど激しい声で否定する、とおさま。父親のことだ。

「キライ！　キライ！　キライ！」

「……どうしてそんなに、お父さまが嫌いなの？」

「かあさま、いつも、ひとり。とおさま、まってたの。でも、ひとりぼっち」

大きな声でそう言うと突っ伏して、声を上げて大泣きしてしまった。

一嶺は泣いている幼児の頭を、そっと撫でて囁いた。

「きみのお父さまは、どうしてお母さまを一人にしたのだろう」

「とおさま、エライの。エライから、おくさん、たくさんなの」

「……ああ、なるほど」

ようやく父親を嫌悪する理由が窺《うかが》い知れた。仔狐の母親を放って、たくさんいる愛人の元へと行っているのだろう。

だから、こんな幼い身でありながら、父親をこれほどまでに憎んでいる。

「かあさま、ずっとひとり。しんじゃって、ひとり」

「うん」

「ユキもひとり。だから、かなしい」

気づくと一嶺が切なそうな表情を浮かべている。ユキは不意を衝《つ》かれたように、慌てたように、同じ言葉を繰り返す。

「ユ、ユキしぬの。ほんとよ」

「死んじゃうのは、すごく悲しいな。あのね。どんなに悲しいことが起こっても、朝が来て昼になり夜が訪れるんだ」

「う？」

「つらくて苦しくても朝日は美しいし、昼間の光は生きる気持ちにしてくれ、夜の帳《とばり》は心を宥《なだ》めてくれる。そして星や月は美しい。どんなに私たちが悲しくても、それは変わらない」

仔狐はさっき涙ぐんでいたのを忘れたかのように、大きな瞳で彼を見つめていた。

「きみは幼くして悲しいことに見舞われた。とてもつらい。わかるよ」

幼児はぶんぶん頭を振る。

「わかんないもん」

「わかる。私も一昨年に両親を、父と母を亡くしたんだ」

「ちち、と、はは」

きょとんとした顔で繰り返したので、噛んで含めるように言い直す。

「お父さまとお母さまのことを、両親とか父と母というんだよ。私の両親は、二人とも列車の事故に巻き込まれて死んでしまった」

悲痛な告白に、仔狐は言葉を失った。

一嶺の静かな声は人の心を揺さぶる。それは幼児であっても同じだ。

「とおさまと、かあさま。しんじゃった、の？」

「うん。二人いっぺんに亡くなってしまった。でもね、いつまでも嘆いてはいられない。親と一緒に死ぬこともできない。残された人間は、生きなくてはならないんだ」

「ユキ、かあさまのところにいくの、だめ？」

「うん、駄目」

優しい話し方をする一嶺だったが、この時はキッパリ言いきった。

「苦しくても悲しくても何があっても、自分から死んではいけないいんだよ」

彼は仔狐の小さな肩を引き寄せ、抱きしめた。

「私もきみもお母さまが亡くなって、とても淋しくて悲しい。一緒だね」

「……いっちょ？」

「うん。一緒」

一嶺は小さな身体を、ギュッと抱きしめた。

胸が痛い。息をするのが苦しい。悲しくて、切ない。

――――悲しい。

仔狐は一嶺の髪を小さな手で、なでなでする。つやつやの、綺麗な茶色の髪だった。

「ごめんちゃい」

「どうして謝るの？」

自然に唇から、謝罪の言葉がすべり落ちた。

一嶺の手をそっと支え、目を閉じる。

「しにたいの、ユキの、わがまま。だから、ごめんなちゃい」

「私もワガママだから、一緒だ。これで両成敗」

「りょおせ、い、ばい」

「両成敗。どっちもどっちってこと」

そう言うと一嶺は優しい表情を浮かべた。

「きみのユキっていう名前、すごく可愛い」

おでこをくっつけながら言われて、ユキは照れたように笑った。

「ユキのユキは、おそらからふる、しろくて、ふわふわのユキ、なの。の」

「ああ、雪か。うん、愛らしく抒情的《じょじょうてき》な名前だ」

そう言うと、一嶺は小さな子の瞳をじっと見据えた。

「決めた。自分が帰りたいと思うようになるまで、ここにいていいよ。可愛い仔狐さん」

その言葉を聞いて、仔狐は一嶺にしがみつく。その小さな身体は温かだった。

二人は、ずっと抱きしめ合っていた。

その姿は遺《のこ》された子供が、悲しみを共有するかのようだった。

2

「同衾《どうきん》なさるというのですか、あの汚い仔狐と」

　大声を出す側近に、一嶺は呆《あき》れた声を出す。

「同衾などと、いやらしい言い方をするでないよ。ただの共寝だろう」

　同衾とは共に寝ること以外に、主に男女が仲《なか》むつまじく眠ることを指す。

　一嶺は神経質そうに眉をしかめた。

「それに私は幼い子を好きに扱う、ふとどきな輩《やから》が大嫌いだ」

　主人の言葉に、荘寿は居住まいを正した。主人の静かな怒りを感じたからだ。

「没落華族の令嬢や子息を金で買って、爵位と権威を手に入れる。浅ましい成金の話を耳にするが、身の毛もよだつ」

　荘寿はしまったと頭を下げた。そもそも、本気で同衾と思っていたわけではない。

　高潔な主人は荘寿のみならず、冷泉家の使用人一同にとっても、誇りであった。

「申し訳ございませんでした」

「いいよ。別に本気で言っているわけじゃないのは、わかっている。それより」

「はい？」

「荘寿、お前は間違っている。雪は汚くないよ。綺麗に拭いてあげたし風呂にも入れたら、ふかふかになった。あの毛並みは最高だ」

「一嶺さまが仔狐を風呂に、でございますか」

「ほかに誰がいるの」

「なぜわたくしに、お申し付けくださらないのです」

主人に雑用をさせてしまった口惜《くちお》しさか、荘寿はそう絞り出すような声を上げる。わかりづらい使用人の矜持だった。

「だって、お前は仔狐のことが苦手っていうか、好きじゃなさそうだから」

その時、寝室にこもっていた雪が部屋に入ってきた。もじもじして扉からこっちを見ているから、荘寿が訝《いぶか》しんだ。

「何をしている。早くこちらに入りなさい」

ぶっきらぼうな口調で言われているのに、真っ赤な顔をして、恥ずかしそうにしている。

「おや、これは……」

雪は、可愛らしい衣装を身に着けていた。

きちんとした仕立ての、シャツにツイードのベストとズボン。

膝までのズボンは、裾《すそ》が釦《ボタン》で留めるタイプのものだ。ハイソックスを履《は》いているのが、なんとも愛らしい。

冷泉家は西洋館なので新品の革靴も、ちゃんと履いた。

「これは、これは」

嬉しそうな一嶺の反応に気を良くしたらしい荘寿は、少し自慢げだ。

「わたくしがお見立ていたしました。尻尾もちゃんと出るよう、お直ししてあります」

「これは素敵だね。荘寿の趣味は、いつもいい」

「恐れ入ります。一嶺さまのおそばにいても、見劣りしない程度の仕上がりになったかと、僭越ながら自負しております」

そばに控える側近から、なぜか滲《にじ》み出る得意げな様子。一嶺は口元に笑みを浮かべた。

「ありがとう、荘寿。雪、似合うよ。小さな王子さまだ」

そう言うと雪は小首を傾《かし》げ、うんうんと頷く。

「そうなの」

「何が、そうなのだ」

隣にいた側近が問うと、愛くるしい声で答える。

「ユキね、おうじちゃまなの。の」

この他愛もない返答は、聞きようによっては相当に厚かましい一言だ。

案の定、荘寿は「はぁぁぁあ?」と変な顔になる。それが可笑《おか》しかったのか、一嶺はとうとう声を上げて笑いだした。

「雪は仔狐王子なんだ。どうりで可愛いと思った。私のいちばん大切な存在だ」

そう言うと小さな身体を抱き上げて、ふっくらした頬にチュッと接吻をする。

「いちばん？」

「そう、いちばん。いちばん大切な、私の王子さま」

「いちばん？　ユキが？　ユキだけ。いちばん？　荘寿よりもいちばん？」

「うーん？　荘寿は側近だから、いちばんというのは当てはまるのかな？」

雪はそれを聞くと、荘寿にいきなり胸を張った。

どうやら、一嶺のいちばんは自分だと誇示しているらしい。威張られて悔《くや》しいのか、荘寿は唇を噛みしめている。

「いっちばん。いっちばん。ユキが、いっちばん」

吐息のような声で喜びを表現する仔狐に、一嶺はにこにこ笑って見ていた。

雪と側近は、一嶺の愛情を取り合っているらしい。この微笑ましいんだか殺伐《さつばつ》としているんだか、わかりかねる戦いは後々まで続いた。

「とりあえず、仲良くしなさい。いいね？」

「しかし一嶺さま」

「仲良くしなさい。私のお願いだ」

「……」

「荘寿、返事は」

「――――かしこまりました」

怒気など微塵《みじん》もないが、有無を言わさぬ一嶺の声。側近は緊張した面持ちで頷いた。

冷泉家の若き当主は、荘寿にとって大切な絶対君主なのだ。

□□□

「雪はまた、夕食を食べないの？」

雪が来て数日たったある日。夕餉《ゆうげ》が用意された部屋には、一嶺だけしかいない。

雪の不在はいつものことだが、さすがに続きすぎる。

怪訝に思って訊《たず》ねると、控えていた荘寿が答えた。

「仔狐は日が沈んだとたん、早々に寝台に入りました。もう寝たいそうです」

「大丈夫かな。具合でも悪いのでは……」

「いえ、明るいうちにオヤツをたくさん食べていました。夜が嫌いなようです」

「そうなんだ。荘寿はあの子のこと、よくわかっているみたいだね」

主人の言葉に荘寿は眉を寄せる。納得いかないようだ。

「あの子は怖いものがいっぱいあるんだね。夜が嫌いとは難儀《なんぎ》だな」

「母親の亡くなった時間が夜だから、暗闇がとにかく怖いそうです」

その一言を聞いて、雪が夕餉の席に現れない理由を知った。

「……そう。本当に荘寿は、雪と仲がいいね」

ぽつりと呟いて、一嶺は食事を始める。

そういえば、夜が来るのを怖がるみたいに怯えていたと、食べている最中に気づいた。

一嶺は仔狐の姿に戻った雪と、寄り添って眠った。

夕食と入浴を終えて一嶺が入ると、雪は寝台の上で丸くなっていたのだ。

仔狐の姿で穏やかに寝ているかと思ったが、雪は子供の姿になっていた。その身体はゼェゼェと息をしている。一嶺は大股《おおまた》で部屋に入ると、小さな身体を覗き込んだ。

「どうした。どこが苦しい？」

大きな手が背中をさすったが、ひっ、ひっと身体が痙攣《けいれん》している。雪はうまく呼吸ができなかった。だが、それを伝えようにも、言葉にならない。

「しゃべれないのか？」

苦しくて、ひぅひぅ喉《のど》を鳴らしていると、一嶺はいきなり立ち上がった。

そして雪の身体を抱きかかえ、背中をさすってやる。

「力を抜いて。大きく深呼吸するんだ。スーハースーハーって。やってごらん」

雪は混乱しながらも、言われた通り大きな深呼吸を繰り返す。

「ひっ、ひっ、ひぃ……っ」

「ともかく息を吐いてごらん。それから、少し息を吸う。これを繰り返して」

「ひー……っ、ひぃ――――っ、ひぃ――――……っ」

「苦しいだろうけど、頑張って。大丈夫、ちゃんとできるよ」

「ひぅ、ひぅ……」

何を言われたのかわからなかったが、ひたすらスーハーと呼吸を続けた。すると、少しずつだが楽になる気がする。

「ゆっくり深呼吸を続けるんだ。頑張れ」

雪は苦しい中、記憶がよみがえる。

あの寒い夜。ごみのように丸まっていた自分にかけられた声。

『頑張れ』

あれは一嶺の声。

冷えすぎて指先も動かなくなっていた雪に、声をかけ続けてくれた人。

「頑張れ雪、頑張れ」

今も耳元で励まし続けてくれる。そうだ、頑張らなくては。

自分はこの人に生かしてもらったのだから。今は死ねない。今は死ねない。

死ねない。

何度も何度もスーハースーハーを繰り返しているうちに、気持ちが落ち着いてきた。目を開き、何度も瞬きを繰り返す。視界がはっきりしてきた。

「大丈夫かい」

優しい声に顔を上げると、一嶺の瞳が目に入る。きらきらと輝く、一対の宝石のような双眼《そうがん》。

「ごめんな、さい。きゅうに、ぜぇぜぇってなって、いき、とまりそうになった、の」

「私の同級生にも、同じ症状になった子がいたんだ」

「ヒッ、ってなって、ゼイゼイ？」

「まさしく今の雪と同じだったよ。息がうまく吸えなくなるんだってね」

「うん、すごく、くるしいの」

そう言うと一嶺は雪の頭を撫でてくれた。

「前にも、こういうことがあった？」

「うん」

雪の話をまとめると、以前から過呼吸の兆候はあった。それが顕著になったのは、母親が死んでからだという。

「まえもね、ヒューヒューって、あったの。でも、かあさまが、いつもトントンしてくれて、おくすりのんだら、なおったの」

「お薬……、それは持っているの？」

「……わすれちゃった」

傷心が続いたあげくの家出らしいので、身の回りのことに思い至らなかったのだろう。

命にかかわるというのに、なんとも困ったことだ。

「同級生はね、担任の先生が深呼吸を続けるように言ってね。それで、楽になったんだよ」

一嶺の咄嗟《とっさ》の判断で、雪は救われたのだ。

嬉しいのと感謝とで、思わず彼の手に額を擦《こす》りつける。一嶺はそんな雪の頭を撫でてくれたが、その手は小さく震えていた。

「おてて、ぷるぷる」

そう指摘すると彼は、バツが悪そうな照れ笑いを浮かべる。

「同級生と同じなら、吸う息の量を少なくすれば楽になる。そう思ったんだけど……」

そこで言葉が止まったので、どうしたのかと顔を上げた。

彼のほうが苦しそうな表情を浮かべていたからだ。

「う……？」

「もしも雪が違う病気だったら、手遅れになるかもしれない。怖かった」

そう言うと、きゅっと抱きしめられる。ふわぁっといい香りがした。

「……ごめん、ちゃい」

「ううん、きみが謝る必要は、これっぽっちもない。言い方が悪かったね。ただ悪い病気じゃないか、気が気でなかったんだ。だから今は気が緩んで……」

一嶺は手をひらひら振って、緊張していたんだよと笑った。

落ち着いていたが、一嶺も怖かったのだ。

それでも必死に考えて、手当てをしてくれた。そう思うとたまらなくなり、雪は彼の胸に、自分の額を擦りつけた。

「ありがと……」

「雪の役に立ててよかった」

まだ、しっとりと濡れた髪の一嶺が、毛布をかけてくれた。

雪は安心して仔狐の姿に戻り、いつも通り懐に潜り込む。

風呂上がりの彼は、いつにも増していい香りだ。

その匂《にお》いが、雪は大好きだった。でも一嶺は雪を抱きしめながら柔らかい毛に顔を埋めて、必ずこう囁くのだ。

「雪はいつも、ミルクとお菓子の匂いがする」

まるで獣の親子みたいに、額をくっつける。

じゃれ合い、お互いをクンクンして、それからギュッとして抱き合って笑う。子供じみた、二人の儀式だ。動物みたいだが、とても心地いい。

「お日さまの匂いもするね。昼間は窓際でお昼寝していたからかな。雪はいいなぁ」

囁くような声を聞き、雪は嬉しくなる。

いいなぁと言われると、自分がぴかぴかになったみたいな、ほわほわ胸が温かくなるような、嬉しいのと誇らしげな気持ちになるからだ。

「一嶺、だいすきー」

ごろごろ喉を鳴らす様は仔狐というより、まるで猫だ。

「私も雪が大好き。いちばん大切な存在だよ」

魔法の呪文と同じ。心に響く一言。

いちばん大切な存在。

子供の雪には難しい言葉だったけれど、その言葉は幸福すぎて眩暈《めまい》がした。

「ユキも。ユキも」

「うーん……、私は雪のこと、いっぱい好きだからなぁ」

「えー？　ユキだって、いっぱい、よ」

「本当？」

「ほんとう、ほんとう！」

「雪のいっぱいって、どれぐらいのいっぱい？」

「う」

意地悪な訊き方をすると、雪は小さな頭を悩ませている。その様子が、ものすごく可愛くて、一嶺はたまらなくなった。

雪は人間の姿になると、いきなり両手を大きく広げ「これぐらい！」と叫ぶ。

「ユキね、ユキね、これぐらい一嶺が、ちゅきっ！」

「じゃあ、私はこれぐらい雪が好き」

一嶺は両腕を大きく広げて見せる。どう考えても雪と一嶺では、こちらの負け。

「こっちのほうが、いっぱいだ。私の勝ちだね」

雪は一嶺の大人げのなさに気づいていない。一生懸命、考えている。

「あ！」

いきなり何を思ったのか雪は寝台を飛び降り、部屋の隅に走った。

「雪、まだ走っちゃ駄目だよ」

一嶺が慌てて追いかけようとすると、雪は壁に手をついた。

「こっから！」

そう言うと今度は反対側の壁まで、とたとた走る。

「ゆ、雪？」

突飛な行動に一嶺が驚いていると、雪は反対側の壁に手をついた。

「ここまで！」

えっへん！　とばかりに胸を張る。そして。

「ユキは、一嶺が、だ――――――いちゅき！」

勝ち誇った宣言に、とうとう一嶺が吹き出してしまった。

「な、何それ……っ」

「だってだって、ユキのが、一嶺のこと、ちゅきだもん！」

顔を真っ赤にして言い張る姿に、勝てる人間がいるだろうか。

「やれやれ、まいったなぁ」

笑いながら雪がいるところまで歩み寄り、小さな身体を抱き上げる。

「わかりました。降参です。雪の勝ち」

「やったぁーっ！」

他人が聞けば、バカらしくなるじゃれ合いだが、二人は大真面目。

大切な、大切な儀式だったからだ。

雪は一嶺の頬をぺろぺろ舐《な》めると、うふーと満足そうな溜息をつく。

そんな幼子を抱きしめ、一嶺は額にくちづけた。

「う？」

「西洋の接吻だよ。大切な人にする、おまじない」

「おまじ、ない」

「大切な雪が、よく眠れますように。怖い夢を見ませんようにってね」

彼の唇が触れたところを、雪は両手で押さえ、またしてもゴロゴロ言った。

温かくて、洗濯したてのシーツ。ふわふわの毛布。ふんわりと香る石鹸《せっけん》の匂い。どれもが心地よく、好ましい。

そのうち一嶺のほうが先に眠りそうになり、こっくりこっくりとし始める。雪はそんな彼を、優しく抱きしめた。

しばらくすると一嶺は、はっと目を開き、きょろきょろ辺りを見回した。

「あ、あ、あれ？」

「う？」

「私は、――――まさか、寝てた？」

「うん。すうすう」

そう言うと彼は驚いたように瞬きを繰り返す。

「そうなんだ……。私はあまり寝られない体質なんだ。不眠症だと思っていたのに」

「ふみ、ん、しょう」

「不眠症。眠りたいのに、眠れない病だ」

そう呟く一嶺の手に、マシュマロのような手が重なる。

「あのね、おてて、つなぐの。そうしたら、ねむれる、の」

「へぇ。素敵だね。誰に教えてもらったの？」

「かあさま！　かあさまは、すごいの。なんでも、しってる。おうたも、おはなしも、どうぶつのなまえも、あとね、おやつのつくりかたも！」

そこまで生き生きと話をしていたのに、急に声が小さくなる。おそらく、母親の死を思い出してしまったのだ。

一嶺は雪の小さな手を握り直し、そっとくちづける。

「う？」

「雪の手は、気持ちがいいなぁ」

雪の指先から伝わる体温が心地いいのか、一嶺はしばらく目を瞑《つむ》っていた。

「小さくて柔らかくて温かで、ふわふわ。触れていると安心する。じんわり眠気が訪れてきて、穏やかになれるんだよ」

話が難しかったのか、雪は大きな欠伸《あくび》をしてしまう。だが一嶺はそれに優しい目を向けるだけで、決して怒りなどしない。

「なんにも不安がなくて、優しい気持ちになれる。不思議だね」

雪はエへへと笑った。

「こんなにゆったりとした気持ちになれるのは、本当に久しぶりだ。雪はすごいなぁ」

彼が何を言いたかったのか、雪には理解できていない。でも嬉しそうな顔をされたので気持ちが、ふわふわしてくる。

これは、母親と一緒にいた時に、よく感じていた温かさだ。

陽だまりの中にいるような、温もり。

「一嶺、うれしい、の？」

「……うん、すごく嬉しい」

「一嶺がうれしいと、ユキもうれしい」

「私もだよ。お揃《そろ》いだね」

二人は顔を見合わせて、うふふと笑う。

内緒の秘密の、ほくそ笑み。親密度が増した証拠だ。

みなしごになった心細さを払拭する、同胞を見つけた心強さ。大人にはわからない、密やかな共鳴だった。

自分たちは一人ではないという、泣きたくなるような高揚だ。

(もっとユキが、おおきかったら)

もっともっと背が高くて、かっこよくて、一嶺のように美しい人間だったら。

そうしたら、この人を守れるのに。

自分のことも人に助けてもらう、まだまだ子供の仔狐が願ったのは、一嶺のように完璧な人間になること。

誰にも負けない、荘寿の意地悪にも負けない、そんな強い人間だったら。

他愛ない夢。絵空事。現実ではあり得ない、そんな夢語り。

そもそも人間の一嶺と、狐族の雪は、何もかもが違いすぎる。性別も年齢も、とりまく環境も。何もかも違うのに。それなのに。

（一嶺、すきすき。だいすき。いっしょう、いっしょにいたいなぁ）

時間の概念さえわからない子供が考える、一生。一日の長さも一年の短さも、何もわからないからこそ、一生などと思ってしまう幼さ。

未成熟ゆえの一途さ。

何があっても、きっと神さまが願いを叶えてくれると信じ込めた。

自分は一嶺と幸福になれる。荒唐無稽《こうとうむけい》な甘い夢。

それでもいい。幼児の雪と少年の一嶺は手を繋《つな》ぎ、幸福な夢を見た。

誰にも邪魔をされない、神聖で無邪気な夢幻の領域。

この美しい世界が消えてしまうなんて、疑ってもいなかった。

3

雪は結局、家に戻ることなく十四年の歳月が過ぎた。

その間、一嶺は仔狐の親を探すこともなかった。

側近である荘寿に問い詰められると、まぁいいじゃないかと曖昧《あいまい》に笑って逃げていた。

権力者であるという雪の父親には妻や、たくさんの妾《めかけ》がいる。

そんな父親に、母親ともども蔑《ないがし》ろにされたのかと、一嶺は推察するしかできなかった。

「あの仔狐を化け物の国に、まだお返しにならないのですか」

荘寿から刺々《とげとげ》しい質問があった時、一嶺は静かに「雪は化け物などではないよ」とだけ付け加えていた。

そんな対応が雪は嬉しく、すごく頼もしいと思ったし、男らしく気骨があると感じていた。

いつもエレガントで穏やかな一嶺。頭脳明晰な一嶺。誰よりも優しい一嶺。

雪は、そんな彼の特別あつかいを、一身に受けて成長していった。

（一嶺は綺麗。すらっとしていて、脚が長くて、でも胸板とかも厚くて、かっこいい）

（一嶺の顔も素敵だ。こんな美しい人間、ほかにいない）

彼のことを考えると胸が、きゅうっとなる。でもまだいとけない雪には、その痛みの正体がわからないままだった。

雪にとって好きとは、そばにいることと、添い遂げること。裏切らないこと。

自分の両親のように、なりたくない。

ずっと夢に見てきたのだ。

一嶺と一生を過ごしたい。そんな夢物語を考えると、幸福な気持ちになる。

（好きな人とずっと過ごしたい時、どうしたらいいのかな）

いとけない頭で悩み、はたと気がつく。

（あ、結婚。結婚っていうのをすれば、一生そばにいられるのかな）

同じ性別の一嶺と雪が結婚できないことも、知らなかった。

（狐の国にいた頃、ちらっと見たお嫁さま。白い綿帽子《わたぼうし》。白無垢《しろむく》）

すごく綺麗で神秘的で、とても美しかったのを憶《おぼ》えている。

（あんなお嫁さまに、雪もなりたい）

なぜ嫁になりたいかといえば、一嶺より身長が伸びなかったからだ。

雪はすくすくと成長し、すらりとした手足を持つ体躯になっていた。

大きい瞳は長い睫《まつげ》に縁どられていて、瞬きをすると瞼にぱさぱさするぐらい、長くて綺麗だった。少女にしか見えない。

（一嶺は誰よりも姿が美しい。狐族よりも誰よりも）

もちろん背の丈だけじゃない。体躯も物腰も人への態度も、とにかく優れている。

そこまで考えて、顔が赤くなってしまった。

（白無垢って綺麗。着てみたいなぁ。美しく装って、一嶺に褒めてもらいたい）

男子が着るものではないと正されるところだが、雪にとって、白無垢は女性だけが着る、花嫁衣装であるという考えはない。

ただ愛しい人のために、装う着物なのだ。

（喜んでもらえるかな。ちゅう、してくれたら嬉しいな）

一嶺と結ばれる。そう信じて疑わない雪の願望は、すでに野望といっていい。

仔狐は怖いもの知らずだった。

（雪は狐の国で無価値だったから、一嶺に相応しくないかもしれない。顔だって凛々《りり》しくないし、女の子みたいだし）

いじける雪は、自分の愛らしさを知らなかった。

長い睫に縁どられた大きな瞳は硝子《ガラス》ように、きらきらしている。ふっくらとした頬が、西洋のビスクドールみたいだった。

真っ黒な耳と尻尾は、仔狐の頃からの名残《なごり》だ。

（そういえば最近、狐に戻らなくなってきたなぁ）

近頃の雪は仔狐の姿ではなく、人型でいることが多い。

ただし尻尾と耳は出しっぱなし。意識を集中させないと、仔狐に戻れなくなっていた。

以前は、しょっちゅう変わっていた。それこそ、くしゃみで仔狐化していたのだ。

最近は、それもなくなってきた。

(これって、人間になっているのかも)

仔狐の身体を脱ぎ捨て、一嶺のお嫁さんになるために変化しているのかもしれない。

(そうだ。雪はずっと人間になりたかった。なりたかった！　神さまが、お願いを叶えてくれたんだ。きっとそうだ)

嬉しくて、ぴょんぴょんしてしまった。願いが叶う。雪の願い、それは。

一嶺のそばに、ずっといられますように。

朝も昼も夜も。毎日ずっと、そばにいられますように。

仔狐の頃から温めてきた想い。

だが、幸福な世界の歯車が軋《きし》んだ音を立て始めたのは、ある夜の出来事からだ。

「雪。きみの部屋を用意したんだ」

「う？」

「三階にある、屋根裏部屋だ。屋根裏といっても、改築させてサンルームのようにしてある、私のお気に入りの場所なんだ」

「う！」

「床も木目が美しい板張りで、日がたくさん差し込む南側の、とても綺麗な部屋だよ」

その一言を聞いて、飛び上がらんばかりだ。

自分の部屋！　一嶺と一緒の部屋！

(嬉しいな。嬉しいな。早く花嫁さんになりたい。人間になってみたい)

しかし言われた一言は、想像もつかないものだった。

「今夜から雪は、その部屋に一人で寝ようね」

「う……？」

喜びに高揚する雪に宣言されたのは、信じられない一嶺の言葉だった。

「……どおして、一人で、寝る、の？」

幼子のように一語一語を区切って話すのは、声が震えていたからだ。

「きみは人間でいえば、もう大人だ。大人は一人で眠るんだよ」

「――雪、まだ、子供、だ、もん」

「この館に来て、もう十四年。外見から見れば、もう立派な大人だ」

「雪は子供だもん。一嶺に比べたら身長だって低いし、身体もか細いし」

言い返すと、子供だと威張るのも珍しいと笑われた。

「確かに華奢《きゃしゃ》だけど、身長も伸びたじゃないか」

「ううん。……ううん」

必死の思いで抵抗した。

身長が伸びないことを思い悩んでいたが、それとこれとは話が別だ。

一嶺が自分から離れてしまうなんて、恐怖以外の何物でもない。

大きな瞳を潤《うる》ませて訴えるが、一嶺は口元だけ微笑むばかりだ。

「江戸の時代なら、きみはもう元服している年齢だ。まぁ、雪は仔狐だから例外か」

「げん、ぷく？」

「少年から成人になる証しに行う儀式のことだよ。通過儀礼だ」

一嶺の、どこか突き放したような物言いに、胸が痛くなる。

いつも、いちばん大切な存在だよと、何度も抱きしめてくれたのに。

雪は、そうされるのが何より好きだったのに。

それなのに、どうして急に意地悪を言うのだろうか。

「雪は、一嶺のそばにいたい。それだけ」

そう言っても、一嶺は何も応えてはくれない。

ただ穏やかな笑みを浮かべるばかりだ。

雪は知っている。これは一嶺が困った時の顔。

「とりあえず今夜から、別々に眠ろう。寝台を独《ひと》り占《じ》めできるよ」

一嶺はそれだけ言うと、部屋を出ていってしまった。

後に残されたのは、親に見捨てられた子供みたいな顔をした、雪だけだった。

□□□

寝室を別けられてから、雪は寝不足が続いている。

毎日とても眠い。でも目が冴《さ》えて寝られない。一嶺と眠っていた時は、こんなことなかった。

毎夜の寝不足に、クタクタだった。

食欲も落ちて、今日も朝食を残した。一嶺は最近、朝食をとらない。夜も忙しいのか、テーブルを囲むこともなくなった。

一人きりなのに大きな食卓で食事するのは、とても気が重い。

今日も食事できず、ぼんやりと皿を見つめていた。すると。

「おい、起きているのか」

話しかけられて顔を上げると、荘寿が険《けわ》しい顔をして自分を睨《にら》んでいる。

どうやら朝食の席で、眠っていると思われたらしい。

「……起きてる。遅くなって、ごめんなさい」

それだけ言って、スプーンを取る。

食べているフリをしなくては。心配をかけるし、人にイヤな思いをさせてしまうから。

だがスプーンは口にまで運べない。みっともないこと、この上なかった。でも。

でも一嶺がいないから、食事なんか、できない。

食べたくない。それは。

――生きていたくないってことだ。

一嶺に嫌われたのなら、もう生きていたくない。消えてしまいたい。

そんな思いに囚《とら》われ動かないでいると、荘寿が部屋を出ていく。

誰もいなくなって、ようやく肩の力が抜けた。

睨まれるのは慣れているが、心配そうな瞳で見られるのは嫌だったからだ。

すっかり冷めた皿を見つめて、大きな溜息が出る。

いつもなら濃厚な野菜のポタージュは大好物だ。大喜びで飲み干していた自分が、ぜんぜん飲みたいと思えない。

(どうしちゃったのかなぁ)

(一嶺に会えないせいだろうか)

(ぜんぜん顔を合わせない。仕事が忙しいっていうけど、本当は雪のことを、避けているのかな。……嫌われちゃったのかなぁ)

自分はこんなに好きなのに、一嶺は雪に興味がない。

ずっと大事にしてくれた。ずっと見守ってくれた。

――――どうして避けられているのだろう。

寝台を独占できるよと言っていたけれど、雪は一人で眠りたくなかった。せまっ苦しいところで毛布にくるまり、くだらない話をいつまでもして、一嶺の吐息を頬に感じながら眠りたかった。

一嶺と一緒に眠れば、夜の暗闇だって怖くないのに。

(なんで嫌われちゃったのかな。その理由が、わからない。いつも優しかったのに。雪と一緒に寝てくれたのに)

道端で打ち捨てられたみたいに倒れていた、ボロ雑巾《ぞうきん》みたいな雪を抱き上げて、大事に懐に入れて連れて帰ってくれたのは、一嶺だ。

一嶺だけだ。

彼がいなかったら、多分あのまま死んでいた。

自分にとって一嶺はすべてであり、太陽であり、宇宙でもあった。

その彼が、雪を疎《うと》んじたりするはずがない。絶対ない。

でも、それならどうして最近はそばにいてくれないのだろう。

溜息をつきそうになっていると、目の前に硝子の器《うつわ》が置かれるのが見えた。顔を上げると、荘寿の顔が近くにある。戻ってきていたのだ。

「まだ寝ているのか」

「う、ううん。起きてる。起きてるよ、ずっと起き……、これ、ナニ？」

置かれたのは丼鉢《どんぶりばち》ぐらいの大きさの、硝子の鉢だ。

そこにはアイスクリンやフルーツとかが、綺麗に形よく盛りつけられている。

「食え」

食事もしていないのに、いきなりデザートを食べたら怒られる。

主に側近に。

いや、しかし今、食えと言っているのも荘寿だ。

雪が首を傾げていると、さらに目の前に硝子鉢を押し出される。

「さぁ食え。さっさと食え。もりもり食え」

「う」

「真っ青な顔で何も食べずに、だらしなく耳と尻尾も下がりっぱなしだ」

言われてみて、初めて気づいて頭に手をやる。

「おれはな、そういう面倒な狐が、この世でいちばん嫌いなんだ」

「うー……？」

「食え！」

パンとテーブルを叩かれて、ぴょんっと飛び上がった。びっくりしたせい、しまっていた尻尾がブワッと膨《ふく》らむ。

慌てて手で押さえたが、胸のドキドキのせいで引っ込みがつかない。

とりあえず言うことを聞かないと、ごみと一緒に丸めて捨てられる。

銀の匙《さじ》を手に取り、冷たいアイスクリンを掬《すく》い口に入れた。ひんやりとした甘味が、するりと喉の奥にすべり落ちる。

（おいしい……）

最初の味は甘い香りのバニラのアイスクリン。

隣の褐色の塊は、チョッコレェトのアイスクリン。

濃厚で、喉を焦《こ》がすような甘美な苦み。

この時代、冷蔵庫は上の段に大きな氷塊を入れて、下の段に冷やしたい食物を入れる形式しかない。

氷菓はとても高価で、気軽に食べられるものではなかった。しかも手作りなど、庶民にとっては夢の、また夢の話だ。

「うまいか」

低い声に訊かれて顔を上げると、荘寿が死ぬほどイヤそうな顔をしている。

苦虫でも噛み潰《つぶ》したのだろうか。思わず顔を見つめると、ふたたび苛《いら》ついた声がした。

「うまいかどうか訊いているんだから、ちゃんと答えろ、この愚図《ぐず》が」

「お。お、いしい、です」

反射的にそう言うと、荘寿は忌々《いまいま》しそうに「よし」と言った。

「いいか。知っての通り、おれはお前みたいな妖怪が嫌いだ」

「う」

「はっきり言って、一嶺さまのおそばに近寄るのも、気分が悪い」

立て板に水といった、見事な悪口雑言《あっこうぞうごん》ぶりだった。

「うー」

耳は垂れ、尻尾も力を失くして、床に向かって垂れてしまった。

嫌われているのは承知の上だが、ここまで明言されると、心緒《しんしょ》が折れる。

「だが、お前が飯を食わないと、厨房《ちゅうぼう》の料理人どもが気を散らす。迷惑なんだよ」

どう答えていいかわからず、目をパチクリさせる。

するとまた盛大な舌打ちをされた。

「手が止まっているぞ。機械のような動作で、口に運べ。料理人どもが心配するからな。残したら承知しないぞ」

「いつもと口調が、ぜんぜん違うね」

「あぁ？」

「一嶺がいると、もっと上品だもん。どうしてこんなに違うの？」

しごく真っ当な疑問をぶつけてみると、ケッと吐き出した。

「妖怪と一嶺さまを一緒にするな。あのお方はお前のような妖怪とは出自が違う」

「しゅ、ちゅじ」

「出自だ。わかったらさっさと食べて、部屋に戻って丸まっていろ」

「荘寿は一嶺のことが、大好きなんだ」

耳がぴんっと立ち、尻尾も力が戻ったみたいに、くるりとなる。しかし。

「前から言おうと思っていたんだが、馴れ馴れしくおれの名を呼び捨てにするな」

怒られて、たちまち耳も尻尾も垂れた。

「いいか、おれは一嶺さまに雇っていただいているが、お前のような狐とは縁もゆかりも、まったくない。ちゃんと弁《わきま》えておけ」

「えん、と、ゆかり」

縁もゆかりも、漢字で書けば同じ一文字。

なぜ、わざわざ分ける必要があるのだろう。そう思ったが口には出さない。

「雪も一嶺のこと、大好き」

「ああ、そうだろうよ」

「一嶺は寒い夜、死にかけていた雪を助けてくれた」

上等な襟巻き、高価な外套。庶民では着ることなど夢でしかない衣服を着ていた一嶺。

その懐に、泥だらけの汚い雪を入れて温めてくれた。

死ぬんじゃないよ、頑張れって言ってくれた。

一嶺。だいすき、一嶺。

あの人のためなら、雪はなんでもする。なんでも。

「一嶺は、いっつも優しくて、品があって、穏やかで、すっごく綺麗で。声も好き。髪の毛もさらさら。一嶺って、奇跡みたいなの」

同意を求めるように側近を見たが、彼は何も言わない。でも、首元がうっすら桃色だ。

きっと同じことを想っていたのだ。

「荘寿、首まで真っ赤」

「……うるせぇ。黙らねぇと、鍋にして食っちまうぞエセ狐」

図星だったらしい。

これだから雪は怒られ続けても、荘寿のことを嫌いになれないのだ。

「いつまでもグズグズせずに、とっとと食え、この畜生が」

江戸っ子らしい早口で罵《ののし》られた雪は、かつかつ一生懸命に食べた。量が多かったのでお腹も冷えたが、おいしかったので残さず平らげる。

気がついてみると、ずーっと悩んでいた一嶺のことが、ちょっとだけ消えていた。

「あれぇ……」

アイスクリンで身体が冷えたせいか、頭も冷静になったみたいだ。

うじうじ悩んでいるのが、性に合わなかったともいえる。

「腹はもういっぱいだろう。とっとと部屋に戻れ。この愚図が」

「うん。ごちそうさまでした」

その時。庭のほうで賑《にぎ》やかな笑い声がするのに気づいて、テラスへ続く窓を見た。

女の人の華やかな笑い声。それに交じって愛しい人の声もする。

(一嶺!)

ビタッと窓に張り付いて、一嶺の姿を目で追った。

間違いなく彼の声だ。

窓を開ければ、きっと一嶺の匂いがする。懐かしい彼の匂いが。

一嶺の匂い恋しさに窓を開けようとすると、背後から怒りを帯びた気配がした。

「おい、誰が窓ガラスに触れていいと言った。汚れるだろうが!」

「だって一嶺の声がした!　もっと聞きたい!」

「ここは一嶺さまのお館だ。いらして当然だろうが」

「一嶺、一嶺の顔が見たい!」

瀟洒《しょうしゃ》なハンドルをガチャガチャ開けようとすると、後ろから頭をはたかれる。

「いったぁー……」

「愚図のくせに、どうしてこういう時だけ素早いんだ、この畜生が」

荘寿の恫喝《どうかつ》も耳に入らない。ただ一嶺に会いたい。今までみたいに笑いかけてほしい。一緒に眠ってほしい。

拾ってくれたあの夜、自分は彼に生かしてもらったのだから。

「あ」

側近に羽交い絞めにされながら雪は、小さな声を上げる。

裏庭の真ん中に作られた、小さな東屋《あずまや》。そこに一嶺はいた。

しかし、一人ではない。

「女の人……」

庭師の手入れが行き届いた庭木の陰から、見える人影。

淡い灰色の服を着ている一嶺とは対照的に、相手の女性は深紅《しんく》の洋装だった。

ストンとしたシルエットのワンピースは、帝都でも流行りの最新流行のスタイル。

(不思議な服を着ている……)

だが、狐の国で生まれ育ち、あとはこの館に引きこもっている雪に、婦人服など詳しいわけがなかった。

「名門、島津《しまづ》家のご令嬢だというのに、ハイカラな方だな」

荘寿の一言に雪は首を傾げる。

「はい、から？」

「着物姿でなく、洋服をお召しだろう。だからハイカラ」

「はいから……」

「髪型も日本髪でなく、西洋風に長く垂らしておいでだ。お美しい」

「そうなの」

ハイカラな女の人が、一嶺の隣にいる。

雪から見ると後ろを向いている。だから、彼の表情は見えない。でも女性が楽しそうだから、きっと一嶺も笑っているのだ。

そんなのイヤ。

一嶺は雪のことだけ見ていてほしい。雪にだけ笑ってほしい。

「あの人なんで、うちにいるの？　警察を呼ばなくちゃ」

「あのお方は、島津公爵ご令嬢、佐緒里《さおり》さまだ」

「ごれいじょうって、知らないもん。泥棒かもしれないよ」

「弁えろ。お前みたいなクソ狐は、お姿を拝することも叶わん、高貴なお方だ」

「じゃあ、なんでそんな偉い人が、うちにいるの」

「佐緒里さまは一嶺さまの私的なご友人だ」

「してき？」

「それぐらい、お察ししろ」

お察し。さっする。言葉はわかるけど、わかりたくない。

一嶺のいちばんは雪だ。ほかの女の人に笑っちゃ嫌だ。

いやだ。

雪はいったん手を離した窓ガラスのハンドルを、またしてもガチャガチャ動かした。今度はより激しく、ガッチャンガッチャンと大きな音だった。

背後で側近の怒号が響いた。だけど耳には届かない。

一嶺のいちばんが、雪でなくなっちゃう。

「おい、いい加減にしないと、本当に鍋にして食っちまうぞ」

それは狸《たぬき》だ。狐は鍋になんかならない。

何よりも気高く美しい狐族が白菜《はくさい》と一緒に、醤油や味噌などで煮られるわけがない。

荘寿は何もわかっていないんだ。

「やだ……」

「はぁ?」

「雪、一嶺に会いたい。会いたいよぅ……」

か細い声で、泣き声が上がる。

胸が締め付けられるような哀哭《あいこく》だった。

いつまでもベソベソしている雪に、文句ばかり言っていた荘寿が静かに言った。

「お前も大人になれ」

苦虫を噛み潰した顔で言われて、雪は目をパチクリさせた。

大人。大人ってなんだろう。

嫌なことを飲み込むことができることか。

何があっても笑っていられることか。

どんなことがあっても、知らんふりができることか。

それが大人というならば、雪は大人になりたくない。

息がハァハァする。苦しい。また、あのゼェゼェだろうか。

苦しい。苦しいけど――――。

一嶺はいない。

前、苦しかった時、手当てしてくれた。それで楽になって、嬉しかった。

でも今は、女の人と一緒にいる。

雪のことなんて、お構いなし。こんなに苦しいのに、前みたいに抱っこしてくれない。一緒に寝てくれない。

こんなのは、裏切りだ。

「一嶺の、いちばんでいられないのが大人なの？　じゃあ、大人なんかヤだ……」

「――――それでも、子供のままじゃいられねぇんだよ」

荘寿の声とは思えぬほど、優しい響きだ。しかし。

「そんなこと言う荘寿きらい。荘寿のバカ」

「おいコラ。バカとはなんだ」

「荘寿なんか、荘寿なんか禿《は》げちゃえばいい……っ」

ムチャクチャなことを言うと、とうとう突っ伏して、号泣《ごうきゅう》してしまった。

身も世もなく嘆く雪を見つめて、荘寿は忌々しそうに吐き捨てる。

「誰が禿げだ。甘い顔してやりゃ、つけ上がりやがって。このクソ狐が」

「クソじゃないもん。つけ上がってないもん」

「ないもん？　ハッ。そんな甘えた話し方をするのが、つけ上がっている証拠だ」

「ちがうもん。ちがうもんっ」

「鬱陶《うっとう》しいわ、このクソ狐が。……よし、わかった。おれもお前の認識を改める」

改めて宣言されて、ビクッと震えた。どのように改められるのだろう。

怯える雪に、荘寿は厳かに言い放った。

「いいか、お前の名前は今日からクソだ」

「やだ――――っ！」

荘寿は口汚く罵るが、どこか哀れみを帯びた瞳をしているのが、つらかった。

心の中に鉛を飲み込んだ気持ちだ。

それでも、ある一つの事実だけが心臓を押し潰していた。
自分はもう一嶺の、いちばん大切な存在ではなくなったのだ。
あんなに優しく囁いてくれたのに、一嶺のいちばんではなくなってしまった。
それがわかってしまったから、身が捩《よじ》れるほど苦しかった。

4

荘寿と言い合った数日後。

雪は裏庭の東屋でしょんぼりとしていた。気落ちしながら、館を見上げる。

視線の先には、愛おしい一嶺の部屋、二階の窓だ。

(窓が開いている。……一嶺がいるんだ)

寝室を別けられてから、一嶺と顔を合わせることがさらに少なくなってきた。

冷泉家の稼業である輸入業を、大学を卒業した一嶺は継いだ。八年前のことだ。

するとにわかに忙しくなり、朝早くから夜遅くまで出かけて帰ってこない。

『しごと』をしているから帰れないと、荘寿に言われた。

「一嶺さまはお疲れでいらっしゃる」

「そうなの……?」

「我々などにわからない、大変なお仕事をされているからだ。いいか、くれぐれもお部屋で休まれている時は、けして邪魔をするな」

お休みの日ぐらい、一緒にいたい。

騒いだりしない。眠っている一嶺の寝台に寄りかかって、寝息を聞くだけでいい。

（あとでこっそり、行ってみようかな。おとなしくしていればきっと……）

「いいか、部屋を訪問するなど、もってのほかだぞ」

荘寿にしつこく言われたから、イヤイヤ頷いた。

でもこれは荘寿のためでなく、疲れている一嶺に休んでほしかったからだ。

しかし食事の時間帯も、合わなくなってしまった。ずっと館からいなくなっている彼と、どうやって話をしたらいいのだろう。

いや、話なんかしなくてもいいのだ。

同じ部屋にいたい。同じ空気を吸いたい。

そして彼が読む本の、ページをめくる音を聞いていたい。それだけでいいのだ。

（でも、一嶺は違うんだろうな）

しごと。しごと。しごとって、なんだろう。

わからないけど、仕事が忙しければ雪に会わなくてもいい。疲れていれば、雪より眠りを選択するのは当然のことなのだ。

でもなぁ。

――――でもなぁ。

雪は一嶺に会いたい。

……会いたいなぁ。

その時、開け放たれた一嶺の部屋から、ひょいっと人影が見える。

え？　と思って目を見開くと、そこには一嶺がいた。

真っ白なシャツを着て、気持ちよさそうに日の光を浴びている一嶺。

とても美しい姿だ。

整った美貌《びぼう》だけでなく、その姿は信じられないくらい端整で、神々しくさえあった。

「一嶺……」

思わずその名を呟くと、まるで聞こえたかのように彼は雪のほうへと視線を移し、にこやかに微笑んだ。そして。

「雪、こっちへ来られるかい」

一嶺が自分に向かって、手を振っているのが見えた。

そのとたん、雪の黒い耳は立ち上がり、長い尻尾がぐるんと回る。

「待ってて！」

雪は大喜びで館の中に入ると、一目散で一嶺の部屋に向かった。

途中、荘寿とすれ違った時、廊下を走るな！　と怒鳴られる。

だが、構っていられない。

「ごめん、今、一嶺に呼ばれてるから！」

「なんだと？　おい、待て！　今、一嶺さまのお部屋には……っ」

荘寿の言葉を聞かないふりして、階段をダカダカ駆け上がる。

一嶺、一嶺！

呼んでくれた。雪って言ってくれた！

嬉しい、嬉しい！

何日ぶりだろう。心臓がドキドキ言ってる。

身体中の血管を熱い血潮が、音を立てて流れているみたい。

彼の部屋の前まで、ひとっ跳び。はぁはぁ言いながら髪と身なりを整えて、背筋をしゃんと伸ばした。それからトントンと扉をノックする。

「どうぞ、お入り」

優しい声が答えてくれた。顔がにやけるのを止められない。

「一嶺！」

元気よく扉を開くと、そこには想像していなかった人がいた。

(この人、なんだっけ)

すらりとした長身に、長い手足。顔立ちは切れ長の一重の瞳に、赤い唇。

(名前、名前があったよね。すごく長ったらしい名前。えぇと)

彼女は、白い肌がとても綺麗だと思った。洋装のワンピースが、よく似合う。

「雪、お客さまにご挨拶《あいさつ》なさい」

「え、あの……」
「島津公爵家令嬢、佐緒里さまだ。私の婚約者で、信用に値する方だよ」
しまづ、こうしゃくけ、れいじょう。
それから、なんて言ったっけ。
えぇと、わたしの、こんやくしゃ。
こんにゃく、しゃ？
長くて意味のわからない言葉に頭を悩ませる。
当の姫君は、雪を凝視していた。
その表情は眉間にシワが寄り、目は見開いている。
（いけない！　耳と尻尾を隠してなかった！）
気がつくのが遅すぎた。
尻尾の出し入れが自由にできるといっても、今さらしまえば怪奇にしかならない。
以前荘寿にガミガミ言われたことが思い起こされる。
『いいか、クソ狐。お前は世の人にとって、怪奇現象も同じだ』
『かいき……、げんしょ？　それなぁに』
『この世にあらざるもの。もしくは、けったいで薄気味が悪い現象ってことだ』
『雪は、かいきげんしょう、なの？』

『そう。万人が恐れる薄気味悪い、異常事態なんだ』

荘寿の言葉がよみがえる。

姫君の硬直した表情は、どう見ても現実を受け入れられていない顔だ。

雪の耳と尻尾が出ているのだから、当然だろう。

とにかく挨拶をしようとすると、姫君のほうから口火を切った。

「なんと面妖な」

女性にしては低い声でそう言うと、近寄ってきた。

そして、まじまじと見つめられた。

「一嶺さま。これは如何《いか》なる現象であるか。この耳は、この尻尾は何事か」

「大丈夫。これは私が十四年前に拾った仔狐。名前は雪です」

（あ、言っちゃった）

なぜか雪のほうが青くなる。

「仔狐は妖怪の類《たぐ》いだと思いますが、決して人に危害は加えません」

一嶺が助け舟を出してくれる。まさに命拾いだ。

感謝の気持ちを込めて、彼の顔を見つめるばかりだ。

（一嶺が大丈夫っていうなら、大丈夫、……なんだよね？）

とりあえず言われた通り挨拶をしようと、雪は頭をぺこりと下げた。しかし。

「一嶺さま。ご身分がおありの、立派な殿方が妖怪を飼うなど」

「飼うなど?」

「笑止千万《しょうしせんばん》と申し上げるほかございません」

厳しい言葉に一嶺は何も言い返さなかったが、雪は違った。

大切な一嶺が、叱《しか》られている。

しかも原因が雪のことで。それでは、黙ってはいられない。

居住まいを正すと、キリッとした顔で、姫を見据えた。

「雪といいます。どうぞよろしくお願いします」

「よもや化け物に挨拶されるとは」

ぴしゃりと言いきられて、心が折れそうになる。それでも負けじと言い返す。

「雪は狐族の狐です。妖怪じゃありません」

訥々《とつとつ》と説明したが、姫君は怪訝な顔をする。

「妖怪でないと申すか」

「はい」

「人間の姿で尻尾を生やし、耳をつけているものは等しく、妖怪と呼ぶのじゃ」

厳しい言葉に、絶句してしまった。姫君は見下すような目を向ける。

「愚か者が」

「う」

人形のような美しい女性に愚か者と言われて、心がくじける。だが、なんとか持ちこたえた。

しかし姫君は容赦ない。

「このような味噌っかす、おそばに置くとは。一嶺さまは変わっていらっしゃる」

そう言って彼女がホホホホと高笑いした、その時。

扉をノックする音がして、荘寿が「失礼いたします」と言って入ってきた。

「荘寿、どうしたの」

一嶺の問いに、荘寿は深々と頭を下げた。

「仔狐がこちらにお邪魔をして申し訳ございません。連れて戻ります」

「雪、邪魔していないよ。それより荘寿、味噌っかすって何？」

こっそり訊くと、彼はものすごく凶悪な顔をする。

たぶん黙れと吐き捨てたかったのを、無理やり我慢したせいだろう。

「味噌を濾《こ》した時にできるカスが、味噌っかすといいます」

「味噌のかす？」

「つまり価値がない。不用品のうまい例えです」

「価値がない、不用品……」

初対面の人間にそこまで言われて、言葉が出ない。

荘寿はムッとしていた。

客の前だから、いつものようにクソ狐がと罵れないのだろう。

だが、彼はものすごく苛ついていた。

そのせいで丁寧な言葉遣いなのに、鬼気迫っていた。ピリピリしている。

しかし二人の会話を聞いていたらしい姫君は、勝ち誇ったようにまた笑った。

「これからもこの味噌っかすを、お館に置いておくのですか」

彼女は臆《おく》することなく、一嶺に問いかけた。

それに対し一嶺の答えは、煮えきらないものだった。

「いえ、それは……」

珍しく歯切れの悪いものだ。雪の不安が一気に煽《あお》られた。

「雪が実家に帰りたいと思うまで、ここにいてもらって構わない」

微妙な受け答え。一嶺はどう思っているのか見えてこない一言だ。

「あ、あの、雪はね」

ずっと一緒にいてほしい。その一言が欲しかった。だけど。

一嶺は、そうじゃなかった。

雪がいたいなら冷泉家にいてもいい。

でも、どこか別なところに行きたいなら、好きにすればいい。

それは優しい、でも、とても残酷な思いやりだ。

「雪、佐緒里姫は私の大切な人だ。だから、雪も仲良くしておくれ」

「……大切な人？」

「そう」

それは、雪より大切という意味だろう。

一嶺のいちばんは、雪でいたかった。

だって自分にとって一嶺は、この世で何より大切な人だからだ。

「雪を一嶺のいちばんにして」

思いきって訴えたが、彼は首を横に振るばかりだ。

絶望的な気持ちだ。

いっそ大泣きしたいぐらいだ。やっぱりもう、一嶺に大事にされた時は終わったのだ。

「きみは私にとって、大切な子だよ。それは変わらない」

どういうことだろう。大切って、いくつも増えるものなのか。ひとつではないのか。

でも、たくさんある大切の中で、自分は一嶺にとっての、いちばんじゃない。

その惨酷《さんこく》な答えに、とうとう辿《たど》り着いてしまった。

黙り込んだ雪をどう思ったのか、一嶺は根気よく話を続けた。

「今までの雪は小さかったし、どこにも行きたくないと言っていただろう」

「う」

「でも、もう雪も大きくなった。これからは、好きに生きるといいよ」

「好きに生きるって……」

「家族の元に帰るのもいい。友人や恋人を作るのもいい。どこに住んでもいい」

あまりにも意外な言葉に、言葉を失う。

「お金が足りないなら融通しよう。雪の好きにするというのは、そういうことだ」

そう言われて愕然《がくぜん》とする。自分の思いは、何ひとつ伝わっていなかったのだ。

雪の思い、それは。

「違う。……ちがう。雪は、雪がしたいのは」

震える声でそう呟くと、呆れたような姫君の声がする。

「我が許嫁《いいなずけ》殿は、お優しい。今まで面倒を見てやったのなら、こき使えばいいのに」

いいなずけ。さっきは、こんやくしゃって言ったのに。

「佐緒里さまじゃないの？　コンニャクしゃさまなの？」

この無知な質問に姫君は大笑いをし、荘寿は慌てて雪の耳を引っ張った。

「いたっ、何するのー」

「何するのは、こっちの台詞《せりふ》だクソ狐」

さらに抑えた声で囁くが、仔狐の耳はとてもいいから、すべて聞き取れた。

「いいか。この方の姓は島津さま。公爵は爵位。つまり島津公爵家のご令嬢だ」

「う」

「そしてお名前を佐緒里さまとおっしゃる。婚約者というのは一嶺さまの未来の奥方さまという意味で、許嫁も同じだ。間違ってもコンニャクじゃない」

ものすごく怖い声の、しかも早口で説明される。

雪は世慣れず幼いがバカではないので、一瞬で覚えた。

そして絶望の底に叩き込まれる。

おくがた。

その言葉の意味は、訊かなくても知っていた。

雪の父親にいつも寄り添っている美しく優しい女性。それが奥方さまだ。

亡くなった母が、いつも淋しそうに呟いていた。

『旦那さまは立派な奥方さまがいらっしゃるから、お母さんの元へ来てくれないの』

父にはたくさんの妾がいた。母もその一人だ。

奥方さまがいるから母の元に来ないわけではない。

大勢の妾の元を渡り歩いているから、母のところには来ないのだ。

そして、それは母もわかっていたはず。

だけど若くて賑やかなだけの、無教養な妾たちに負けたと思いたくなかったのだ。

だから立派でお美しい奥方さまには絶対に敵《かな》わないと、思いたかったのだろうか。

母の気持ちは今でもわからない。でも、自分の目の前には、一嶺の奥方さまだ。

『旦那さまには立派な奥方さまがいらっしゃるから、お母さんの元へ来てくれないの』

これはまさに、今の雪と同じだ。

『お母さんが生きている意味は、なんなのかしら』

大事な人がほかにできたから。

だからもう、雪の元へ来てくれない。

――私の存在に、意味はあるのかしら。

□□□

どうやって一嶺の部屋を出たか、よく憶えていない。

たぶん荘寿にはまた怒られるだろう。でも、それでもいいと思った。

何もかも、どうでもよかった。

とぼとぼ階段を上り、三階の屋根裏部屋に到着する。

屋根裏だけど大きな窓が造りつけられていて、湿気もない。日の光もふんだんに入るので、雪のお気に入りの部屋だ。

何より、この部屋は一嶺の部屋の真上にある。

雪は部屋に入ると鍵をかけ、部屋の中央へ進む。そして跪《ひざまず》くと、床に顔を伏せた。

もちろん物音なんかは聞こえない。

一嶺が何をしているかもわからない。

でも、床に耳を当てていると、ホッとする。

当たり前のように寝ていた一嶺の寝台。あの温かな空間に、身を置いているような錯覚に囚われて、幸福になる。

今でも彼の懐で眠っている気がするのだ。

愚かだなぁ。

……惨《みじ》めだなぁ。

………侘《わび》しいなぁ。

床に突っ伏して音を盗み聞こうなんて、我ながら気持ち悪すぎる。

ありとあらゆる嘲《あざけ》りの声が聞こえるけれど、そんなものは、どうでもよかった。

ただ床に押しつけた掌《てのひら》に、頬に、一嶺の吐息がかかる気がする。

それだけでよかった。

「雪さま」

ふと耳元で声がした。驚きもせず顔を上げて、背後を振り返る。

「なんだい、霙《みぞれ》」

後ろにいたのは長身の、黒い外套を着た青年だった。

痩《や》せぎすで、長い髪を後ろで結わえている。館の中では、見たことのない男だ。

それもどうりで、彼の頭には茶色の三角耳がついており、後ろにはフサフサの大きな尻尾が下がっていたのだ。

雪と同じ狐族の、大人の狐だった。

「なんの用？　お前を呼んではいないよ」

「見かねて参上つかまつりました」

霙は雪の頭の辺りに片膝をついて、跪いていた。

「わたくしの雪さまが人間どもから辱《はずかし》めを受けるなど、霙には耐えられません。どうかもう、お帰りになるとおっしゃってください」

雪は、むくっと起き上がると、そのまま床にぺたんと座り込む。

「別に辱めなど受けていない」

「しかし」

「この館での生活は楽しいし、あの姫君も悪人でないよ。無邪気だし悪意がない」

突拍子がないし浮世離れしているが、滲み出るような邪心も邪気もないのだ。

（一嶺が選んだ人だから。だからあの女性に恨《うら》みはない）

「しかし荘寿とかいう召し使いの、雪さまに対しての悪口雑言は許せませぬ」

「荘寿は言葉と態度が悪い。でも、人間は悪くない」

「あなたさまは狐族の、大切な王子ですのに」

「上に十五人も王子さまがいらっしゃる。十六番目の王子に価値はないよ」

「雪さま……」

「とにかく。もうしばらく、そっとしておいて。今の生活を続けたいんだ」

「――――かしこまりました」

霙は哀しそうに呟くと、「それでは失礼いたします」と言って、ひゅんっと消える。部屋の中には、ほんの少しの冷気が残るばかりだ。

臣下が消えてしまった後、残された部屋の中で雪はまた、床に頬をくっつける。

一嶺の吐息が聞こえますようにと祈りながら。

□□□

次に目を開けると、雪は床の上にいた。

どうやら、あのまま眠ってしまったようだ。さすがに身体が痛い。起き上がって大きく伸びをすると、身体中がギシギシいった。

雪は浴室まで下りると、冷たい水で顔を洗った。そして、ぷるぷるっと頭を振ったその時、

「雪」と、とつぜん名を呼ばれて驚く。

「ぴゃっ」

びっくりしたせいで、たちまち黒い仔狐に変身してしまった。

（うわぁっ、どうして急に！）

空中で変化してしまったので、床にころんと落ちる。そのまま隠れたかったけれど、したたかに腰を打ち付けてしまい、身動きできない。

「雪、びっくりさせてゴメンね。痛かったろう」

優しい声に涙ぐんだ瞼を開くと、そこには一嶺がいた。彼はしゃがみ込むと雪を抱き上げ、きゅっと抱擁してくれる。

（一嶺！　一嶺！）

こんなふうに抱っこしてもらうのは、いつぶりだろう。嬉しい。嬉しい！

仔狐に変わったおかげで、遠慮なく抱っこしてもらえる。指をぺろぺろできる。

「あはは、雪くすぐったいよ」

そう言われたけれど、雪の愛情表現の最たるものは、これだけだ。

しばらく一嶺の指や頬を舐めていると、宥めるように背中を撫でられる。そして。

「佐緒里さまと、仲良くできるかな？」

優しい声で訊かれて、これ以上のワガママは許されないのだと悟った。

こっくり頷くと、きゅっと抱きしめられる。

「ありがとう。冷泉家は先祖代々、島津さまにお仕えしていたんだ。本当ならば佐緒里さまは、親しくお話しすることも叶わない方なんだよ」

それでは逆らえるはずもない。時代が変わろうと、主従関係は変わらないのが常だ。

もう一度こっくり頷くと、一嶺は小さな身体を抱きしめてくれる。

「雪が姫君のことを好きになってくれると嬉しいな」

そう微笑まれて、嬉しくなった。

なんでもする。一嶺が喜んでくれることなら、なんでも。

だって大事なのは雪より一嶺。

春なのに凍てつく夜、抱き上げて懐に入れてくれた。この美しい人が、何より大切。

この人のためなら、雪はどうなってもいい。

そんな泣きたい気持ちで頭を一嶺の胸に、ぐりぐり擦りつけた。

いつまでもこうしていたい。

ずっとずっと、この世が終わるまで彼のそばにいたい。そのためなら、なんでもする。

泣きたくなる気持ちで、そう誓った。

5

「雪。雪はおらぬか」

高らかに響く鈴《ベル》の音と、雪を呼ぶ声。

これが聞こえたら万障繰り合わせてでも、姫君の元に駆けつけねばならない。

その時、雪は食事をしていた。だが、いきなり立ち上がって食堂を出ると走りだす。

荘寿は無作法さに眉をしかめながら席とテーブルを片づけたけれど、事情が事情だけに何も言わない。むしろ同情的だった。

数日前から、姫君は冷泉家の客人として滞在していた。

通常ならば嫁入り前の娘が、婚約者といえど、男の家に泊まるなど許されない時代。

だが姫君は、そこらの女ではなかった。

元々は鎌倉時代から江戸時代まで、薩摩《さつま》に領する氏族。維新後は公爵家となった本家と、多数の分家を持つ。薩摩のみならず、ここ東京市でも有数の名家である。

姫君は元主君の末裔《まつえい》。そこいらの華族など、足下にも及ばない。

やりたいようにやる。親の意見も島津公の威信も関係ない。

我が道を進みたいように突き進む。それが島津佐緒里という姫君だった。

「お待たせいたしました」

「遅い」

広い館の中をダカダカ走ってきたせいで、息が切れる。ぜいぜい言う雪に、佐緒里は意にも介さず、事も無げに言った。

「お茶」

「お、……お茶でございますか」

広い館の中を走って参上したのに、お茶と言われてガックリ肩が落ちた。

そもそも佐緒里は冷泉家滞在にあたって、小間使いを連れてきている。

通常ならば雑用は、この小間使いが行う。それに冷泉家の使用人だっているのに。

――姫君は、なぜか雪に集中砲火するのだった。

「英国《イギリス》の紅茶が飲みたい。温めたミルクも入れて」

「かしこまりました」

そう言い置いて部屋を出ようとすると、「ああ、そうだ」と呼び止められる。

「なんでしょう」

「お湯が沸いたら、まず茶器を温めよ。それから紅茶は、吹きこぼれるような熱湯で淹《い》れなくてはならぬ。だが、ミルクは絶対に沸騰させないこと」

「は、はい」

「この間みたいに不味《まず》い紅茶を持ってきたら、承知いたしません」

「は、はい」

「わたくしは本気です。味噌っかすが今度ヘマをしたら、海に流しますからね」

「かしこまりました」

ひくひく痙攣しそうな頬を宥めながら、その場を辞そうと頭を下げた。だが。

「雪」

お辞儀をして部屋を出ようとすると、またしても呼び止められる。

とたんに雪の唇から、引っくり返った声が出た。

「なんでございましょうか」

「それと大切なことがございます」

「た、大切なこととは……？」

まだ何かあるのか。

ぐったりして聞き返すと、姫君は嫣然《えんぜん》と微笑んだ。

「紅茶にはビスキュイを添えることを忘れずに」

「は、はい。び、びすきゅい……？」

「小麦粉に生乳や砂糖を混ぜて焼いた、仏蘭西《フランス》の菓子です」

仏蘭西《フランス》の菓子。そんな上等なお菓子があったのか。

呆《ほう》けた顔でいると、姫君は眉をしかめた。

「ビスキュイも知らぬか。田舎者の味噌っかすめ。先日のように芋羊羹《いもようかん》などを紅茶に添えたら、山に埋めます。……本気ですよ」

「はいぃっ！」

引きつった笑顔を浮かべて部屋を出ると、ふたたびダカダカ走り、厨房へ辿り着く。

肩で息をして汗をかいている姿は、異様であった。

□□□

なぜ雪が集中砲火のように、姫君に呼びつけられているのか。それにはわけがある。通常なら使用人が淹れるべきお茶だが、そうすると姫君は手をつけない。

『わたくしは雪に命じました。淹れ直しなさい』

この傍若無人《ぼうじゃくぶじん》ぶりを止めることができるのは、一嶺ひとり。だが彼は、何も言えない。相手が島津公爵家のご令嬢だからだ。

裕福な冷泉家とはいえ、身分は比べ物にならない。かくして雪は逆らうこともできず、広い館を走り回ることとなった。

しかも一嶺が仕事で家にいない間、集中砲火はやまない。

雪も家事は慣れていない。

一嶺のお客さま待遇だった仔狐は、今まで厨房に立ったこともないのだ。

それなのに、小間使いより働かされているのだ。

さすがに目に余ったのか、荘寿が手を貸すこともあった。

今も、雪が姫君に呼ばれている間に先に厨房に立つと、お湯を沸かしてくれている。それを見て雪は泣きそうになった。

その間にも荘寿は茶器を温め、茶葉の準備をしてからビスキュイを皿に並べる。

手際は流れるように美しい。

(ああ、こうやればいいのか)

その動きを、ただボケーッと見ていた雪に、荘寿は舌打ちをした。

「見て手順を覚えろ。姫君はご滞在の間、お前を使うと決めているらしいからな」

恐ろしい言葉だったが、まさに御説ごもっとも。

礼を言ってから熱湯の入った薬缶《やかん》を受け取り、茶葉を入れたポットに注ぐ。すると横にいた、荘寿がポットに布をかぶせた。

「これ、なぁに?」

「煎茶と違って紅茶は熱湯で淹れ、温度が下がらぬように、保温する布だ」

ほぇーといった間の抜けた顔を見て、荘寿はあからさまに眉を寄せた。

しかし雪は呑気な声で「荘寿が淹れたほうがいいのにね」と洩らす。

「当然だ。おれが淹れたお茶のほうが、数千倍うまい」

「う」

これは心が折れた時の「う」だ。しかし荘寿は容赦ない。

「姫君も当然おわかりだ。だがご所望なのは、お前が淹れた、クソまずい紅茶だ」

「うー……」

「姫君にとっては、お前がでなくては意味がない」

何を言われているかわからず首を傾げると、またしても鋭い舌打ちが飛ぶ。

「おれはお前なんか、どうでもいい。どうでもいいが、万が一にも主人の失態と思われたくないから、手伝っただけだ。おれにとって大事なのは、一嶺さまだけだからな」

一嶺。そうだ。一嶺が笑い者になるなんて、許せない。

あの人はいつだって、優しくて、綺麗。だから彼だけは完璧でなくてはならない。

「とにかく、卒なく丁寧に愛想よく給仕しろ」

スパーンと肩を叩かれ、送り出される。

何がなにやらわからず階段を上っていると、部屋を出てきた一嶺と遭遇した。

「わぁ！　一嶺！」

嬉しさのあまり意識もしていなかったのに、尻尾がピーンッと立つ。手で押さえたくても、大きな盆を持っているから、それも叶わない。

「あー……っ」

虚《むな》しく尻尾が下がっていく。その様を見た一嶺はプッと吹き出した。

「何をしているの、雪は」

微笑みながら近寄ってくる彼の香りに、くらくらする。いい香り。特に香を薫《た》きしめているわけではないのに、彼からはいつもいい香りがしていた。

その香りを嗅《か》いだとたん雪は、尻尾を震わせる。

それを見た一嶺に声を上げて笑われてしまったが、それでも雪は幸せだった。

（一嶺の香り、一嶺の笑い声だ。久しぶり）

抱きつきたいところだが、盆が邪魔で今はできない。

（いつもながら、一嶺、すごくいい匂い。素敵な笑い声。大好き）

しがみつけないまでも、香りを堪能してしまった。

「佐緒里姫に呼ばれているのだろう。早く行かないと」

怒られるよ、とは言わなかった。でも、彼は姫君の傍若無人さを、知っているような口ぶりと含み笑いをしてみせる。

「姫と仲良くできて、本当によかった」

「う？」

「あの方は気難しくて、本家でも相手ができるのは島津公だけと聞く」

あれは、ただの因縁《いんねん》ではないのか。

首を傾げる雪に、一嶺は優しい声で宥めた。

「誰でもいいというわけではない。雪がそばにいてくれて、本当にご機嫌なんだよ」

「ごきげん……？」

言葉の使い方が間違っている。

そう言おうとしたが、とりあえず黙った。一嶺の言うことにも、やることにも、間違いなんかないからだ。

「じゃあ、雪は行く」

未練たっぷりだったが、ぺこりと頭を下げて彼のそばを通り過ぎる。すると。

「またね」

ふわりと髪を撫で、一嶺は優しく微笑んでくれた。

顔を真っ赤にしながら雪は速足で歩き、姫君の部屋へと辿り着く。

手が震えるので、ガチャガチャ茶器が鳴って耳障りだった。

（わー、わー、わーん！　一嶺に触ってもらった！　またねって言ってもらった！）

嬉しくて嬉しくて、涙ぐみそうになった。

姫君がこの家に来てから、いや、もっと前から一嶺は自分に触れてくれなくなった。

無視をされているわけではないが、態度が冷ややかに思えたからだ。でも。

(今の一嶺は優しかった。前の一嶺みたいだった)

きゅーんと胸が締め付けられそうになりながら歩くが、小躍《スキップ》りしたい気持ちだ。

(嬉しい。嬉しい！　一嶺、だいすき！)

姫君の部屋の扉が、向こうから開く。見ると姫君つきの小間使いが立っている。名は確か白音《しおん》だ。

「あ、お、お待たせしました」

妄想していた自分が恥ずかしくて、なんとかそれだけ言った。すると。

「早く部屋に入って給仕をなさい、のろまで愚図の味噌っかすが」

信じられない言葉を、可愛らしい唇が告げた。

「えええええ？」

理解できなくて雪が目を見開いたが、少女は表情も変えない。

「……と、主人が申しておりました」

姫君が言ったことを伝えただけだったが、それはそれで疲れが増す。

ぐったりしながら部屋の中に入ると、佐緒里姫は怖い顔で待ち構えていた。

「遅い。この味噌っかすめ」

「申し訳ありません」

すっかり萎縮しながら盆をテーブルに置き、紅茶をカップに注ぐ。それを姫君は優美な指先で取り、一口飲んだ。そして。

「ぬるい」

下された評価は、地を這うものであった。

姫の背後に控えていた白音が、ほんのりと目元だけで笑う。

よけいに惨めな気持ちになるのを、抑えられなかった。

6

「雪、雪はおらぬか。この愚図の味噌っかすめ」

またしても姫君のお呼びだ。自室で寝っ転がっていた雪はガバッと起き上がる。大きな姿見の前で、パパっと身なりを整えた。

これは以前、寝ぐせのついた髪で姫君の前に行き、こっぴどく叱られたからだ。

『このような品位のない粗野な姿は、一嶺さまの名誉にかかわる』

言っている言葉の意味よりも、一嶺の名が出されて身が震えた。

何があっても、彼の名に傷をつけたくないからだ。

鏡を見ながら恰好《かっこう》を整え姫君の部屋まで行くと、待っていたのは白音だった。

その姿を見て雪は、はーっと溜息をつく。

「姫君みたいな呼び方しないで……」

「お姫《ひい》さまから、普通に呼ぶと雪は来るのが遅いので、こう言えと申し付かりました」

白音は容赦なかった。

大きな瞳は切れ長。髪をおかっぱにしているので、お人形みたいな容姿だ。だが、とことん用事を言いつけてくるし、言動は厳しく、容赦ない。

「えぇと、お急ぎの御用はなんですか」

「お姫さまがご懐妊されたので、支度を整えろと仰《おお》せです」

なんだ、そんなことか。また溜息が出る。

「それ雪じゃなくて、白音でもいいんじゃないのかな。えぇと、ごかいにんって？」

「ご懐妊とは、赤ん坊を身籠《みごも》ることでございます」

え？

ここまで説明しても理解していない雪に、白音は冷静に答えた。

「お姫さまのお腹に、一嶺さまとの赤ちゃんがいると言っております」

「あ、赤ちゃん？　え、一嶺の赤ちゃん？」

青天《せいてん》の霹靂《へきれき》とは、まさにこのことだった。

「どうして。どうして赤ちゃんが」

「どうしてもこうしてもではございません」

この無神経な態度に、とうとう彼女は切れた。

「ご婚約者とはいえ、お二人は夫婦になられるのですよ。御子ができるのは、仲むつまじい証拠。喜ばしいことでございます」

「だって赤ちゃんって、あの、け、結婚してからできるものじゃ。それに姫のお腹はぜんぜん平らで、赤ちゃんがいるようには……」

「黙らっしゃい。この痴《し》れ者が」

とうとう白音は怒りを露《あら》わにした。男の雪が姫君の身体のことに触れたのが、我慢ならなかったのであろう。

「男子たるもの、婦人のお身体のことを詮索《せんさく》するのは、失礼極まりないことでございます」

男女の機微《きび》も婦人のことも知らない雪は、アワアワしてしまった。

わかることは、姫君の妊娠の事実だけ。

顎を殴られたくらい、ショックだった。

赤ん坊。赤ちゃん。

別世界に住む、よく泣く柔らかい生き物。

一嶺と姫君の赤ん坊――――。

「とにかく、急いでこちらの品を、用意してください」

渡された書き付けには妊婦が必要とする下帯や浴衣の数々。

それを信じられない思いで雪は見つめ、愕然となってしまった。

赤ちゃん。赤ちゃん。一嶺の赤ちゃんが。

――――どうして。

□□□

それから冷泉家は大騒ぎだった。嫡男《ちゃくなん》の許嫁が懐妊したのだから、当然である。家令《かれい》から下働きまでお祝いで浮かれていた。

雪ひとりを除いては。

けっきょく何もできずに、雪は寝込んでしまった。

荘寿が見かねて、姫君に頼まれた雑用を引き受けてくれたので、助かった。

雪に頼んだのに、荘寿が果たしたので怒られるかと思ったが、何も言われない。

三階の自室で毛布にくるまりながら、雪はただ、ひたすら泣いていた。

もう、ここにはいられない。

のろのろ起き上がると、服を整え、髪を撫でつける。みっともない恰好は嫌だった。

最後まで一嶺の、可愛い仔狐でいたかったからだ。

ずっと丸まっていた毛布も、きちんと畳んだ。もう、この部屋には帰らない。

「霙、いる？」

その呼びかけに部屋の隅が、ひゅうっと冷たくなり粉雪が舞い散る。

主人の声に、霙はすぐ姿を現した。

「お呼びでございますか、雪さま」

忠実な彼は深々と頭を下げている。

「狐の国に戻ることにした」

悲しすぎて素直になれず、ついぶっきらぼうに言ってしまった。

それでも霙は目を輝かせている。

「なんと！　とうとう雪さまがご帰還になられるとは！」

いつも青白い顔色なのに、ぱぁっと頬が染まった。それを見て、雪は彼にずっと心配をさせていたのだと思い知る。

「うん。帰る。帰ったら父さまの言うことを、なんでも聞くよ」

「おめでたい！　なんとおめでたい！　父王さまも、お喜びになりますよ。ちょっとお叱りになるかもしれませんが、霙がうまく取り計らいます」

「霙……」

「大丈夫。なんのご心配もいりませんからね」

優しい声で言うと、ハッと顔を引き締める。

「大変だ。雪さまのお部屋を掃除しなくては。ひとまず失礼いたします」

そう言うと来た時と同様、ふわりと消えていった。

(慌ただしいな……)

そう溜息をついて、部屋の中を改めて見直した。

壁の漆喰《しっくい》も、綺麗な板張りの床も、何より大きな天井窓も大好きだった。朝日は眩《まぶ》しいけれど、その代わり日の光を浴びると、身体中が綺麗になる気がした。

一嶺のそばにいても恥ずかしくないぐらい、美しくなれると思った。

でも、もう自分はここにいられない。

階下に下りると、使用人たちが浮かれたように宴《うたげ》の準備をしていた。

まだ生まれてもいない赤ん坊を待ち望む、希望の祝宴だ。雪の居場所なんかない。

最後にお別れを告げようと、一嶺の部屋に行く。いないことを祈りながら。

お別れをしたいのか、したくないのか。自分でもわからなかった。

「どうぞ」

扉のノックに応えたのは、なんと一嶺だった。雪は絶望的な気持ちに襲われる。

(忙しいのに、なんで部屋にいるのかなぁ)

泣きたい気持ちで扉を開くと、そこには一嶺と荘寿がいた。二人いるなら、ちょうどいいと思った。

「雪、具合が悪いと聞いたが、大丈夫なのかい」

優しい言葉をかけられて、ぐらっと来そうになる。だがその反面、様子を見に来てくれないことが、小さく心を傷つける。

(婚約者さまがご懐妊だもん。雪どころじゃないよね)

自虐的に考えて、涙が浮かびそうだ。

だが、それどころではないと、顔を上げた。

「あのね、雪は家に帰る」

「帰るって、お前は父親に文句を言っていただろう」

小さな声で告げると、反応したのは一嶺ではなく荘寿だった。

彼はよほど慌てていたのだろう。主人よりも先に口を開くのは、使用人として許されることではない。

ふだんの彼ならば、こんなでしゃばりなど、絶対にしないのに。

荘寿は口が悪く性格にも問題はあるが、おしなべて優しい。

でも一嶺は何も言ってくれなかった。

心のどこかで引き止められることを期待していたので、肩透かしをくらった気持ちだ。

結婚も決まり赤ちゃんまでできた彼にとって雪のことは、どうでもいいのだろう。

絶望の気持ちを抱えて、ぺこりと頭を下げた。

「今までお世話になりました。雪は狐の国に帰ります」

「それはまた、突然だね」

低くて優しい声を聞いて、泣きそうになる。しかし、ぐっと堪《こら》えた。

みっともない姿を見せたくなかった。

彼にとって、いつまでも『可愛い雪』でいたかったのだ。

「本当に故郷に帰るのかい。あんなに嫌がっていたのに」

荘寿と同じことを訊かれて、幼児だった自分がどれほど我を張っていたか気づく。

「もう、大人だから。いつまでも反発していられないし」

柄にもないことを言って、ふたたび深く頭を下げる。

「さよなら。姫君と赤ちゃんと三人で、どうぞお幸せに」

そう呟くと、くるりと踵《きびす》を返して部屋を出る。背後から誰も声をかけてはくれない。

――――自分の価値なんて、そんなもの。

誰にも必要とされていないし、優しくされるのも同情から。

雪自身のことを、本当に好きになってくれる人なんかいない。それなのに、優しくされて浮かれていた。

一嶺のことだけを想って。どきどきしながら、もっともっとと焦れていて。

バカみたい。空回り。本当に子供で何もわかっていなかった。

絶望に打ちひしがれて、館の玄関を出る。

外は深い霧《きり》に包まれていて、凍えそうに寒い。その中をとぼとぼ歩く。

力が抜けてしまったせいか、耳を隠すことも、尻尾を隠すこともできていない。どちらも力なく垂れ、尻尾などは地面についていた。

何もかも、どうでもよかった。

（やだなぁ。寒いなぁ）

敷地は広く、門まで続く小路を歩いた。霧のせいか、門扉まで遠く感じる。

（この館に来た時、自分で歩くこともできていなかった）

それどころか、だらしなく気絶していたのだ。あのまま、道ばたに打ち捨てられていたら、死んでいただろう。

それぐらい寒い夜だった。そう、今夜も寒い。とても寒い。

心も、身体も、どちらも凍りつきそうに寒かった。

一嶺。……一嶺。

寒いよう。一緒にいてよう。

抱っこして。ちゅって、くちづけてよぅ。

誰のことも見ないで。雪だけを見ていてよぅ。

……とか虚しく考える。

泣きたかった。子供の頃みたいに無邪気に甘えたかった。

でも、それももう、お終い。

自分は誰にも愛されない。悲しい想いを抱えたまま死んだ、母さまと同じだ。

誰にも大事にされていないのだから、仕方がない。

（一嶺の赤ちゃんって幸せだよね。羨ましい。……いいなぁ）

一嶺がお父さまで、美しく気品のある姫君がお母さま。立派なおうち。慕ってくれる使用人たちが大勢いて。

きっと誰からも愛されて、大切にされて、綺麗なものだけ知っていて。

自分と、ぜんぜん大違い。

誰にも求められていない雪。

王子なんて名ばかりの、妾が生んだ大勢いる子供の一人。価値があるとしたら、政略結婚の駒《こま》として使えることぐらいだ。

ふと気づくと霧の中に、いくつもの灯《あか》りが光っている。

門へと続く長い道に沿って光るのは、狐火。まやかしの灯《ともしび》だ。

その先には、霙が立っていた。いつもは面倒だとしか思わなかったのに、今日は違った。なんだかホッとした。

霙がいてくれれば、狐の国に帰っても大丈夫な気がする。いらない王子でも、隅っこに居場所ぐらいあるかもしれない。

卑屈《ひくつ》なことを考えていると、霙が雪に向かって手を差しのべてくる。迷いもなくその手を取ろうとした瞬間。

「雪！」

大きな声で名を呼ばれて、驚いて振り返る。

するとそこには、焦がれ続けた人が立っていた。

「一嶺……」

彼はいつになく鋭い目をして、霙を睨んだ。

「彼は誰だ。雪と、どういう関係なんだ」

どう答えていいか困っていると、霙が口を開いた。

「雪さまは我が国の大切な王子です」

「……どういうことだ」

怒りを含んだ声に驚きながら、説明するしかないと観念した。

「前に一回だけ言ったでしょう。雪はね、本当に王子さまなの」

「なんだって?」

「狐の国の王子さま。すごいでしょう?」

軽口のように言って笑った後、小さく肩を竦める。

「この世界と違う境界線で繋がっているのが、狐族。みんなが妖怪とかお化けとか言っているのが、狐の国の住人なんだ」

「では雪は妖怪なのか」

「妖怪と狐族はぜんぜん違うよ。お墓から出てきたりしないもん。その狐の国で、雪は十六番目の王子なんだ」

「……ずいぶんと大所帯だ」

苦さを含んだ声で、一嶺はそう言った。呆れているのかもしれないと雪は思う。

「呆れるぐらい、兄弟がいるよ。あ、こっちの彼は国にいた時から仕えてくれた、従者の霙。雪を迎えに来てくれたの」

「外国の王族か、大奥《おおおく》のようだね」

「そんなにいいものじゃない。父さまは何人も愛妾《あいしょう》がいるし、たくさんいる子供を、すぐお嫁に出しちゃうし。雪もたぶん、どこかに嫁がされるよ」

「嫁ぐ？　雪は男なのに？」

「狐の国で性別はあんまり関係ないの。子供は産めないけど、仔狐は嫁がされる」

眉をひそめている一嶺に、雪はふふっと笑う。

「母さまが亡くなって肉体が滅び、魂が違う世界に行った。狐はね、家族の絆《きずな》が強いし、亡くなれば嘆きも深い。でも子孫繁栄の本能が強いから、すぐにほかで子供を作る」

そこまで話したところで、控えめな声が聞こえてきた。霙だ。

「まだお話が済んでいないご様子。わたくしは二時間ばかり場を離れます」

そう言うと彼は、一瞬で姿を消す。

雪の母親が死んで、父王は嘆いたけれど、でもすぐに新しい愛妾を迎えた。雪の母親のことなど、最初からいなかったかのようだ。

だから雪は国を飛び出し、この世界へと落ちてきた。

でも異世界に飛び出すのは初めてで、おかしな街中に転げ落ちた。

「落ちたところは、銀座のど真ん中。時空を超える時にボロボロになって、息も絶え絶えになっちゃった。汚いごみ捨て場に落ちちゃって、臭《くさ》くて汚くて泣きたくなった」

都会の真ん中に落ちたから、汚い仔狐は野良猫ぐらいにしか思われなかっただろう。

「寒くて、身体中が痛くて、お腹もすいて。もう死んじゃうと思った。死んだら母さまに会えるなって、思っているうちに気絶しちゃって」

それを拾ったのが一嶺だった。

「気がついたら綺麗な子に抱っこされていて、ビックリしちゃったけど、温かい外套にくるんでもらって、すごく嬉しかった」

「……そうだね。暦《こよみ》では、もう春だったのに寒い夜だった」

「うん。でも一嶺の胸は、温かかった。死んじゃいたい気持ちが吹き飛ぶぐらい、嬉しかった。だから元気になっても、抱きついていたでしょう?」

いつも、じゃれついていた。彼に触れられるのが嬉しかったから。

「そのうちね、抱っこされていると、もっと触ってほしいと思うようになった」

一緒にいていいと言われて、冷泉家で世話になっていた。

楽しかった。夢みたいな生活だった。

――――でも甘い生活は、いつしか違うものになっていた。

「でも、一嶺には雪じゃない、『いちばん』ができちゃった。だから国に帰るしかない。誰も雪なんか、必要じゃないから、仕方ない」

「そうじゃない」

低い声は、一嶺のものだった。

「きみが可愛くてたまらなくなったから、だから距離を置こうとした」

「う……？」

「自分を慕ってくれる幼子に、とんでもないことをしそうだった。そんな自分が嫌で、前から勧められた見合いも受けた。家庭を持とうとも思った」

「それでいきなり、佐緒里さまが家に来たの？」

「彼女には、事情があった。早めに結婚したい事情だ」

「じじょう……」

「むろん彼女を尊重する。しかし、その事情を貫いて、きみを失うのは耐え難い」

そう言うと一嶺は雪の手を引き寄せ、ぐっと抱きしめた。

「どんな人間も、命の長さは誰にもわからない。だからこそ人は人を愛するんだ」

その言葉を聞いて、雪の眦《まなじり》から涙がこぼれた。

「私はきみが愛おしい。こんな状況になって、やっとわかった。私の寿命が何年あるかなんて誰にもわからない。けれど、残りの人生にきみがいないなんて考えられない」

「一嶺……」

「帰らないでくれ」

切ない声で囁かれて、胸が締め付けられる。

「でも、でも姫君が」

「道理に外れていることは、承知している。だが、きみを失いたくない」

そう囁く一嶺に、雪は身が千切れそうだった
でも現実は、一嶺の子供を宿した姫君がいるのだ。

雪にだって、自分がどんなにひどいことをしているのか、わかっていた。

「一嶺から離れなくちゃいけない。わかっている、わかっているのに……っ」

そう呟くと、抱きしめる手の力が強くなった。

切ない。

悲しい。

苦しい。

恋しい。

離れたくない。でも、離れなくてはならない。

泣いても仕方がない。でも涙が滝みたいにあふれて止まらない。

大声を出して泣きだそうとした、その瞬間。

「一嶺さまも味噌っかすも、愚かです」

はっきりとした声が聞こえた。愚かと言われた二人が驚いて声がした方向を見ると、そこには意外な人物が立っている。

その人は一嶺と雪を見て、冷静な声で言った。

「愚かすぎて笑止千万と申し上げるほかございません」

豪華な毛皮の外套で身を固めた佐緒里姫が、そこにいた。

7

「お姫さま、こんな寒いところにいてはいけません！　お身体に障ります！」

そう言って、白音が姫君のそばに駆け寄った。確かに妊婦にこの寒さは毒だ。

「毛皮を着ているから平気です。それより味噌っかす」

だが当の姫君は、平然としていた。

「一嶺さまは仔狐への思いが恐ろしくて、誰でもいいから結婚したかった。その時、婿《むこ》を探していた、わたくしに目を付けられた。それだけです」

空恐ろしいことを言う姫君に、雪はぶんぶんと頭《かぶり》を振った。

「だ、誰でもいいわけないでしょう。姫君は公爵家の、お嬢さまじゃないですか」

雪が思わず反論すると、姫君は口の端で笑った。

「我が家の家督は兄が引き継ぐ。女は嫁いだら実家とは離れて、お終いです」

びっくりするようなことを続けざまに言われて、さすがに言葉が出ない。

ちらりと一嶺を見ると、彼も戸惑った顔をしていた。

姫君はそんな様子をどう思ったのか、雪の顔を見据えた。

「わたくしは子供の父親が欲しくて、夫になれる人を探した。それだけのこと」

その激白に、雪は頭がついていかない。

「だって姫君は一嶺のことが好きだったのでしょう?」

「違う。一嶺さまは、わたくしの好みではない」

あっさりとひどい言葉を吐いた。当の一嶺は苦笑いを浮かべるばかりだ。

「好みじゃないなんて、殺生《せっしょう》です。一嶺はすごく優しいし上背もあって、恰好いいし頭もいいし美形だし、それに、それに……っ」

「それは認めます。確かに一嶺さまはお優しい。頭脳明晰でいらっしゃるし、お姿はまるで役者絵から抜け出てきたように美しくて、見惚《みほ》れてしまいます」

「だったら!」

勢い込んでたたみかける。しかし。

「でも好みではないのです」

「そんなぁ。姫君の好みの殿方って、どういう方なら満足なのですか」

「……まずは筋骨隆々であること」

「は、はい」

確かに一嶺は長身で逞しいが、決して筋と骨が隆々とはしていない。

「それと野性味のあるお顔立ちで、毛深い殿方が好みです」

「あ――――、はい」

もう何も言わなくていいと、雪は頭《かぶり》を振る。

筋骨隆々も野性味も毛深さも、すべて一嶺とは真逆。荷が重すぎる。

しみじみ納得し黙り込んでいると姫君は、くるりと一嶺に向き直った。

「一嶺さま。お世話になった上に、あらぬ誤解を招いて申し訳ございません」

深々と頭を下げて謝罪した。

「もう黙ってはおれません。ぜんぶ雪に話します」

きっぱりと言った姫君を、一嶺は困ったように笑って見た。

「どうぞ佐緒里姫の、思うがままに」

その一言を聞いて安心したのか、姫君も笑った。

「ですが、ここは寒すぎる。とりあえず屋敷に戻りましょう。姫のお身体に何かあったら、一大事です」

一嶺の提案に、否を唱えるものはいなかった。

□□□

屋敷に戻ると荘寿は客室に全員を入れ、大慌てで暖炉に火を入れる。

燃える火の温かさに、身体が解けるみたいだった。

荘寿はさらに、西洋式の屋敷のどこにあったのか、火鉢を持ってきて長椅子に座る姫君の足元に置いた。

「大切なお身体に障りがあってはなりません」

それから熱いお茶を用意してくれる徹底ぶりだ。

一行は暖かい部屋の中で、ようやく寒さから解放される。

だが身体が温まると一転、姫君は厳しい顔で雪に向き直り、話を再開した。

「以前、華族会館で行われた夜会に、祖父の代理で出席した。その時に出逢った英国の貴族に、わたくしは一目で心を奪われ、恋に堕ちた」

いつも無表情に話す姫君だったが、この時ばかりは頬を染めている。

その様子は率直に言って、可愛らしい女性そのもの。

「そして、すぐさま想いを伝えた。それから一夜を共にした」

「う?」

「う、とはなんです。はっきりお言いなさい」

「う……、うう……。会ったその日、一夜を共に、ですか」

雪は妾の子供だから、男女の話は理解している。しかし公爵家令嬢ともなれば、狐族とはわけが違うことも、理解していた。

さすがに、しどろもどろになってしまう。そんな雪を見て、姫君は笑った。

「味噌っかすには驚きでしょうか」

「いえ、ふつう誰でも驚くと思います」

時は大正。大和撫子《やまとなでしこ》たるもの、想いを寄せた殿方に恋心を吐露《とろ》するなど、はしたないと言われた時代。姫君は先進的すぎた。

「めでたく結ばれたものの、相手は英国人。故郷には恋人や、……夫人がおられるかも知れぬ。その数週間後、わたくしは子供を宿していることがわかった」

「あれ？　その頃、まだ一嶺と婚約発表してないですよね」

「懐妊がわかってから、あわてて夫探しをしたのですから、当然です」

思わず「え――――」と言いそうになったが、なんとか堪えた。

姫君は島津家の執事に婿探しを命じたが、公爵家ゆかりの令嬢ともなると、そこらの華族では腰が引けてしまう。

それに誰でもいいというわけにもいかない。そんな時に昼食会に現れたのが一嶺だ。

彼の人となりに好感を抱いた姫君は、一嶺に偽装婚を持ちかけたという。

「えーと姫君と一嶺は、その昼食会の時に、……初めて会ったんですよね」

「そうです」

「そ、それでどうして、初対面の人間に偽装結婚を持ちかけたりするんですか」

雪の驚きはもっとともだった。

狐族も多情だと思うが、偽装結婚なる特殊な相手を昼食会で探すのは、安易すぎる。

しかし姫君は澄まして「その通り」と言い放つ。

「だが一嶺さまも、わたくしの考えにご賛同くださった。婚約し子供の父親になると、おっしゃったのです」

ここら辺で、常識を持つ人間は疲弊する。雪もその一人だ。事情をよく知っているだろう白音は、まったくの澄まし顔だった。

「しかし、わたくしの我が儘のために一嶺さまが己の心を押し隠し、大切に思っている味噌っかすと別れねばならぬのは、耐えられぬ」

この辺りで、姫君の性格がわからなくなる。

彼女は家柄に胡坐《あぐら》をかいたワガママお姫さまではないのだろうか。

「あの、姫君はぼくのことを味噌っかすと呼ばれますよね。その味噌っかすが不幸になっても、別に問題はないのでは……」

通常よりかしこまった言い方で問うと、姫君は唇の端で笑った。

「それは違います」

雪の言葉を遮《さえぎ》ったのは、ずっと姫君のそばに控えていた白音だ。

「お姫さまは、とても純粋でお優しい方です。偽装の婚約をした後に一嶺さまの想いを知って、ものすごく後悔されていました」

「一嶺の想い……？」

「勿体《もったい》なくも一嶺さまは、味噌っかすの仔狐などに想いを寄せておいでです」

「う……？」

意味がわからず目をぱちくりさせる。一嶺を見ると、眉をしかめた顔をしていた。

横から姫君が「白音」と、低い声を出す。

「お前は、おしゃべりが過ぎます」

主人の諫《いさ》める声に、白音はたちまち身体を縮めた。

「失礼いたしました」

姫君はそれから一嶺に向き直った。

「わたくしは、これ以上は二人の邪魔をしたくありません。そこで決心いたしました。英国に渡って、お腹の子の父親に責任を問おうと」

これには一嶺も雪も、ついでに白音も言葉が出なかった。

婦女子が気軽に海外渡航できる時代ではない。しかも女性で、おまけに身重だ。

しかし彼女の瞳に、迷いはなかった。

「大丈夫でございます。幸い英国大使夫妻と懇意《こんい》にしておりますので、渡航から滞在先まで面倒を見てくださるとのお話はつけております」

「佐緒里姫。大丈夫という言葉は、まったくもって当てはまりません」

一嶺が冷静に判断する。確かに何が大丈夫なのかと、雪でさえ突っ込みたいところだ。

「あなたのお心が英国紳士にあるのはわかりますが、まずは無事の出産を念頭に置いてください。これは母親としての、最低限の義務だと思います」

一嶺のこの言葉に、姫君はさすがに胸を掴《つか》まれたようだった。

「……おっしゃる通りでございます」

「お嫌だと承知していますが、まずはご両親に懐妊の旨《むね》をお伝えください。それから大使夫妻に英国紳士の所在を確認するべきです」

「両親に？　でも、あの人たちは兄のことばかりで、わたくしには関心が……」

頑《かたく》なに拒もうとする姫君に、一嶺は退かなかった。

「関心がないというのなら、まず育てていませんよ」

そう言われても、まだ言いたいことがあるらしい。いつもの一刀両断をする彼女らしくないと、雪は不思議に思った。

だが彼女の気おくれする理由は、すぐにわかった。

「政治の道具として使う予定だった駒が、外国人の子を宿したのです。こんな醜聞はありません。両親の怒りと嘆きは、想像を絶するものになるでしょう」

そこで、ちらりと少女らしい怯えが垣間《かいま》見《み》えた。

いくら好き放題することが容認されていても、子を宿したのだ。普通の親は怒って当然であるし、嘆きもするだろう。

「一嶺さまの容姿が日本人離れしているし、髪の色も明るい。ああ、これならば西洋人との間にできた子供でも、ごまかせると思いました」

「そ、そんなぁ……」

せっかくできた子供を丸めこめるという考えに、雪は悲しくなる。

姫君は雪の泣きそうな顔を見て、眉を寄せた。悲しそうな表情だ。

「浅はかな考えであると、承知の上。でもそれ以上に、両親の怒りが怖かったのです」

一嶺は少し考えた後、静かな声で言った。

「もし、ご両親のお怒りが頂点に達し耐えられないのなら、当家へお逃げなさい」

「一嶺さま……」

「佐緒里姫。冷泉家はいつでも、あなたを歓迎いたしますよ」

その言葉に姫君は、少し震えているようだった。

雪は、自分がこんなに大切な場面にいていいのか迷った。すると、姫君が自分を手招きしているのが目に入る。

「はい、なんでしょうか」

タタッとかけ寄ると、姫君が手を伸ばしてくる。なんだろうと目で追うと、ふわりと頬を撫でられた。白くて細い、繊細な指だった。

そして、どういうわけか両頬とも摘まれ、ぐいーっと伸ばされる。

「ひぇ、ひぇめ、な、なにをしゃる、のぉぉ」

頬を引っ張られているので、変な声しか出てこない。

すると姫君は声を上げ、楽しそうに笑った。

「冷泉家を去ったら、雪と遊べなくなります。つまらない」

「はぇ？」

「お前はいつもおもしろいから、わたくしのお気に入りでしたのに」

「えぇー」

おもしろいと言われて、さすがに心外だと頬を膨らませる。しかし姫君は嬉しそうだ。

「ほら。ほらほら。その顔がたまらないのです」

朗らかに笑う姫君に一顧は呆然《ぼうぜん》とし、白音は何度も頭を下げた。

だが雪の心には、両親の関心は自分にないと言いきった彼女を思い出した。

へそ曲がりで、自尊心が高い島津公の姫君。

ふと、強い彼女は、泣いたりするのだろうかと疑問に思った。

雪はなんとなく、姫君には似合わない気がする。

すると、その拍子に当の彼女と目が合ってしまった。

（じろじろと見てしまった。無礼者と言われて、きっと怒られる）

怯えて顔を伏せた雪だったが、いつまでたっても叱責《しっせき》の声はしない。

恐るおそる顔を上げた目に飛び込んできたのは、予想とは違うもの。

姫君は、――――微笑んでいた。

その笑みは慈愛に満ちているのに、反面どこか物悲しい。

以前、こんな顔を見たことがあった。どこでだったろう。雪が記憶を探り、すぐに思い至って、小さく声が出た。

今はもういない、母の表情だ。

夫がほかの愛妾を可愛がるのを嘆き、それでも突き放せず、彼を愛し続けた雪の母と同じ純粋で無垢な、いたいけな瞳だった。

□□□

「雪、話があるので私の部屋に来ておくれ」

姫君と白音が客室に下がった後、一嶺に呼ばれてしまった。

「え……、えぇと」

「もう深夜になる。狐の国の住民だって、もう眠っているさ」

どんな理屈だと怒りたくなったが、帰ろうとしたのは覚えているのだ。

(やだなぁ。なんか怒られそうな気がするなぁ。怒るだろうなぁ)

先を歩く一嶺の背中を見つめながら、しぶしぶと後をついていく。冷泉家は立派な洋館だったので、けっこうな距離を歩く羽目になった。

久しぶりに一嶺の私室に案内される。大して離れていないのに、ものすごく懐かしい。

「どうぞ」

「おじゃまします……」

一嶺が扉を開けてくれたので、中に入る。

そのとたん、総毛立つほどの懐かしさに襲われそうになった。

(一嶺の匂い。一嶺の匂いだ……っ)

別に白粉《おしろい》を使っているわけでも、舶来の香水を使っているわけでもない。ましてや、匂いがきついとかでもない。

彼から薫る、森の苔《こけ》のような匂いだ。いつまでも嗅いでいたくなる。

「……いい匂い」

思わず言葉がこぼれ落ちると、当の一嶺に微妙な顔をされた。

「あ、ごめんなさい。臭いとかじゃなくて、一嶺の匂いがするんだ。それが、とってもいい香りなんだよ。だからね、だから……」

雪の言葉は、そこで止まった。

膝をついた彼は、立っている雪にすがりつくように、抱きしめていた。

「一嶺……」

「雪、私の雪。お願いだ。国に帰るなどと言わないでおくれ。なんでもする。どんな願いも叶えよう。だから私のそばを離れないでくれ……」

びっくりするほど、強い力でしがみつかれた。

まるで水に溺《おぼ》れているような、そんな必死さだった。

「きみが帰ると言った時、恐ろしかった。雪が私のそばを離れてしまう。そんなことは、あってはならない。——あってはならないんだ……っ」

「一嶺が姫君と結婚するって言うから、だから悲しかったの。自分なんて、いらないんだなぁって思ったら、足下が崩れるみたいになったの」

「許しておくれ。私は怖かった」

「怖い？」

「きみの存在が、私の中で大きくなっていく。信じられないぐらい、巨大になる。一緒に眠ると、きみを抱きしめたくてたまらなくなるんだ」

一嶺の手の力はますます強くなっていく。痛い。痛いけれど。

……痛いのが、幸せだった。

この人に求められていると思うだけで、幸福に身が捩れそうだ。

「幼い頃から、きみと一緒にいた。それなのに頭の中で私は、どんどんきみへの想いが募っていく。異常だと思った」

だから唐突に、寝室を別けようと言ったのか。

あの時、雪は悲しくて淋しくて、自分の感情を整理できなかった。

だけど一嶺はもっと混乱していたのだ。

「私を慕ってくれる子に欲情するなんて、あり得ない。私は正常だ。そう言い聞かせていたけれど抑えようがなくて、だから佐緒里姫の偽婚約者の話に乗った」

「一嶺……」

「彼女が父親になってくれる男を探していると聞いた時、天啓のように思えた。窮《きゅう》している女性を助けられ、父親のいない赤ん坊を助けられる。そう思った。だけど」

「……だけど？」

いつの間にか一嶺を抱きしめていたのは、雪のほうだった。

彼は救いを求めるように、抱きしめる力を強める。

『溺れている人を見つけたら』

不意によみがえったのは、ずいぶん前に霙に言われた言葉だ。

『絶対に手を差し出して、助けようと思っては駄目です』

『どうして？　だって、しんじゃうよ』

聞き返しているのは、幼い雪だ。

助けては駄目と言われて、怖くなったのだろう。大きな目が潤んでいる。

『溺れているのが人でも狐でも、絶対に手を伸ばしては駄目です。彼らは恐ろしい力で、救助しようとする人間を水の中に引きずり込みます』

一緒に溺れてしまうのですよ。そう言った彼の声が。忘れられない。

水に溺れているのが一嶺ならば。それなら自分はどうするか。

きっと迷いもなく、水の中に飛び込むだろう。

一緒に溺れたい。一嶺と二人で冷たい水の中に沈み、そして――――。

二人で藻屑《もくず》となって、消えていくのだ。

そう考えた瞬間、いきなり鼓動が激しくなる。

溺れる。何もわからないぐらい苦しくなって、もがいて、腕を伸ばして。

一嶺と二人で、抱き合ってしがみついて、水の中に沈んでしまう。

ぞくぞくした。恐ろしい話のはずなのに、雪は身体が熱くなっている。

(どうしてだろう。どうしてドキドキするのだろう)

抱きしめる一嶺の身体を、さらに強く引き寄せた。

まるで溺れているみたいに。

水に溺れ苦しんで、そして沈む。目に入るのは水を通した、眩《まばゆ》い光。

二度と戻れない、きらめき。

融け合うような死を想像した瞬間、雪は官能に震えた。

雪は抱きしめていた一嶺の身体を強く引き寄せ、何度も頬にくちづける。

溺惑《できわく》という感情を、初めて知った瞬間だった。

8

自然に唇からこぼれ落ちた言葉に、一嶺は目元を細めている。

「私を奥深くまで、受け入れて。身体も、……心も」

囁きながら何度もくちづけられて、頭の中がくらくらしていたが、必死で頷いた。

一嶺は雪の膝を大きく開いた。あまりにも露骨な恰好に顔が真っ赤になった。

「こ、こんな恰好、やだ……」

必死に言ったとたん、涙が滲んだ。

「では膝の上に抱っこしようか」

一嶺はそう言って、雪の身体を自分の膝の上に抱き上げてしまった。

背後に回された彼の指が、尻をなぞっていく。

そのうち最奥のくぼみに、指が入り込む。その刹那《せつな》、身体が甘く痺《しび》れた。

「あぁあ……っ」

突如ガクガク震えた姿を見て、一嶺は目元を細めて笑った。

「これが好き?」

「あ、あぁ……」

囁かれた言葉が卑猥《ひわい》すぎた。

どう答えていいかわからず、必死で頭を振った。

「嘘《うそ》つき」

一嶺はそう囁くと、何度も尻の割れ目を指でなぞった。

「ああ、ああ、ああ……」

「ほら気持ちがいい。可愛いね」

今度は雪の性器が硬く立ち上がっているので、もう嘘はつけない。

「雪はお尻を可愛がられるのが、大好きなんだね。いやらしい仔狐だ」

「あぁ……っ」

責められた瞬間、性器からまた蜜があふれ出る。

自分の身体はどうなってしまったのだろう。

一嶺はそんな雪が可愛くてたまらないといった顔で見ていた。

「この姿勢なら、雪に負担がないね。尻尾を押し潰さなくてすむ」

冷静に言われて、顔がさらに熱くなる。

滲む視界で一嶺を見ると、彼は困ったような顔をしていた。

「こんなことをされるのは、嫌？」

その言葉を聞いた瞬間、自分が彼を困らせているのだとわかった。

「だ、だいじょうぶ。だいじょうぶ、だから、はやく、はやく」

もっと深く自分を犯して。

そう囁くと、強い力で抱きしめられた。

一嶺は寝台の隣に置かれたキャビネットから、小さな缶を取り出すと、中身をたっぷりと掬って自らの性器と雪の最奥に擦りつけた。

とたんにベタベタして、雪は眉をしかめる。その時、彼の肉塊が、じりじりと体内を侵略していくことに気づいた雪の唇から、甘い声があがる。

「あ、……っ」

雪が甘い声を洩らすと、滾《たぎ》った一嶺の性器が押し入ってきた。

彼は少しも急《せ》くことなく、ゆっくりと進入してくる。

痛みはなく、ただひたすら異物感で自分の中を侵略された。

「ひ、あ、あぁ……」

一嶺は雪の身体に、ゆっくりと性器を挿入していき、そのまま、深々と貫いていく。

「ゃああ……っ!」

身体を仰《の》け反《ぞ》らせると、強く抱きしめられた。雪が固く閉じていた瞼を開くと、優しい一嶺の表情が目に入った。

「ああ……、やっと手に入れた。私の仔狐。私だけの雪……っ」

その囁きを耳にした次の瞬間、身体中が甘く痺れる。

彼は雪の耳殻《じかく》を噛み舌で愛撫《あいぶ》してくる。思わず身じろいだが、離してはくれない。

「ん、んん……っ！」

一嶺は腰を蠢《うごめ》かしながら、雪を突き上げた。

「あぁ……っ」

淫蕩《いんとう》な音がした。果物を潰すような音が、脳髄《のうずい》に響く。

おおきい。いっぱい。いたい。ああ、いたい。

初めて男を受け入れた戸惑いと痛み。そして。

――――とけちゃう。

痛みだけではない感覚に爪先《つまさき》を掴まれた。と思った瞬間、一気に身体を侵略される。

快感という、初めての気づきだ。

「あああぁっ」

腰から下が蕩《とろ》けるみたいな感覚に、頭がおかしくなりそうだ。

どうしていいかわからなくて、抱きしめてくる肩に噛みついてしまった。すると彼の身体が小刻みに揺れた。

笑っているのだ。

「噛んだね。許さないよ、可愛い雪。お仕置きだ」

彼はそう言うと、ぐっと腰を入れ抽挿《ちゅうそう》を始めた。すぐに卑猥な音が響く。

「あっ、あっ、あっ、あっ、はぁ、はぁ……っ」

「雪、なんて声だ。そんなに気持ちいいのか」

少し意地悪な声がする。ふだんの一嶺なら、決して言わない言葉だ。

だけど閨《ねや》の睦言《むつごと》なら、話は別。

その証拠に雪の身体は、温めた飴《あめ》のように蕩けてしまった。

「あ、やあ、あ、あ……っ、ひぁ……っ」

快感という言葉も知らない、いとけない身体。

だけど、こうやって掻き回されると、頭が痺れて恍惚《こうこつ》となっていく。熱く熟《う》れた体内を、硬くて大きな性器で抉《えぐ》る。

たまらなかった。

浅い呼吸をしながら口を開くと、彼の唇に塞《ふさ》がれる。息ができない。

苦しくて唇を開くと、熱い舌先が歯列を割り、口腔《こうこう》に入り込んでくる。

その舌先は上顎を舐め、いやらしく蠢いた。

その刺激で、雪の性器は先端に透明な液体を滲ませる。

自分でも、どうにもならない。涙が滲んでくる。羞恥《しゅうち》か快感か、わからなかった。

たまらなくなって、一嶺の硬い腹筋に自らの性器を擦りつけた。そのとたんに頭が痺れるような快感に襲われる。

「やだ、あ、やだぁ……っ」

　自分から快感を求めて動ているのに、口から出るのは拒絶の言葉だ。

　一嶺は雪のしたいようにさせながら、顔をのぞき込んでくる。その瞳は冷静だった。

「嫌？　なら、もうやめようか？」

　優しい声に訊ねられて、雪はあわてて首を横に振った。

「やぁ、ああ、いい、……いいよぅ……っ」

　ぐずぐずに濡れた感触は、たまらない快感だ。ぜったいにやめてほしくない。

「いいとは、もうやめてくれという意味？」

「ち、ちがう、の」

　その言葉を証明するように、雪は身体を上下に動かしながら、一嶺の腹筋に性器を擦りつけ続けた。

　猥雑《わいざつ》な悦楽が襲ってくる。

「ああ、ああっ！　ああ、や、やぁっ、ぁあっ！」

　とろける。きもちいい。ああ。もっともっとしたい。

　いやらしく蠢く雪を、一嶺がどう思っているか。恥ずかしくて確認できなかった。

（嫌われる。嫌われちゃう。こんなにいやらしい雪、大嫌いって言われる……っ）

男の背中に縋り、甘ったるい声を上げながら、怯えている自分がいる。

その時、どこか息が荒くなった男の囁きが聞こえた。

「雪、なんて淫《みだ》らなんだ。純真な顔をしているのに、男を食《は》んで悦《よろこ》んでいるなんて。悪い子だ。こんなに淫らに、男を魅了するなんて」

一嶺は責めるように言いながら、息が荒くなっている。挿入されている彼の性器は、どんどん大きくなっていった。

「あ……っ、あぁ……っ」

「もう止まらないよ。私の雪」

一嶺はそう囁くと、自ら腰を突き上げた。甘ったるい嬌声《きょうせい》が室内に響く。

「男を煽る、きみが悪い」

「ひぁ、あ、あ、あ、んっ！　あぁあっ！」

いつも優しく穏やかな彼の、どこにこんな魔性が潜んでいたのか。

深々と身体の奥を穿《うが》ちながら、耳殻を噛み、耳の孔に舌を差し込んでくる。

食べられているみたいと思ったら、もうたまらなかった。

狂暴な愛撫に感じて、狂ったみたいに腰を上下させた。痛みと快感が綯《な》い交《ま》ぜになった快さは、たまらない。

麻薬って、こういうものなのかな。

酩酊《めいてい》する頭で、ぼんやり考える。罪だとわかっている禁断の薬。ぜったいに触れてはいけないとわかっているのに、気づけば地獄に堕ちている。

「何を考えているの」

どこか笑いを含んだ声に問われて、はっと目を開けた。

「考え事ができるぐらい余裕があるなら、もっといっぱい私を受け入れられるね」

一嶺はそう囁くと、さらに抉っていくように腰を突き上げた。

「あぁ、あぁ、あ――……っ」

言葉にできない、甘ったるい快感が背筋を痺れさせる。

翻弄《ほんろう》されて、恍惚となっていく。

びりびりした感覚。初めて体内を擦り上げられ、頭が蕩けそうだ。

身体の中から焙《あぶ》られるみたいだった。

「たまらないな。雪、私の仔狐。きみの身体は、ぞくぞくするほど魅惑的だ。もっと感じて。もっと乱れて私を受け入れて」

そう言うと、またしても雪の身体を穿っていく。

「あ、あ、あ、あ……っ」

「一生、一緒にいよう。私のお嫁さんになりなさい。そうすれば、ずっと一緒だ」

お嫁さんの一言に、雪が大きく目を見開いた。

「そう。私の妻として一生添い遂げておくれ。私たちは夫婦として、幸福に暮らすんだ」

「およめ、さん……」

信じられない。

一嶺のお嫁さんになりたいなぁと夢見ていたのは、前の話だ。

でもそんなことが現実に起こるはずがないと思い知って、泣いていたのに。

「私のお嫁さんに、なってくれるね？」

そう囁かれて、思わず頷いた。

夢みたい。夢みたい。でも、夢なら醒《さ》めないで。

「なる。一嶺のお嫁さんに、なる。なりたい……っ」

必死に囁き、大きな背中に縋りつく。

すると彼は腰を淫らに蠢かし、激しく雪を抱きしめた。頭が朦朧《もうろう》として自分がどんなに淫らなことをしているか、わからなくなっていく。

ぬかるむ内壁を男の肉塊で抉られていると。わけがわからなくなる。

必死で一嶺の名を呼んで、彼の背中に何度も爪を立てた。

この快楽が苦痛に似ているのは、麻薬じゃない。

媚薬《びやく》だ。

誰でもいいわけじゃない。一嶺という媚薬だからこそ、こんなに酔いしれるのだ。

もっと強く抱きしめてほしい。もっともっと、彼を感じていたい。

「一嶺、一嶺、すき……」

必死に想いを口にした。どうしても、伝えたかった。

回らない呂律《ろれつ》で好きと繰り返す。すると、宥めるように髪にくちづけられた。

「この仔狐め」

雪が性器から滲ませている透明な蜜が、一嶺の肌を淫らに濡らしていた。それを見た彼は、さらに深く突き上げてくる。

「雪の中でいかせてくれ。いいか？」

何を言われたのかわからなかったが、必死で頷いた。

「うん、いいよ、一嶺の好きにして、してぇ……っ」

だって自分は、彼のお嫁さんだから。

ずっと一緒にいる、大切な人だから。

大きな胸にしがみつくと、何度も深く突き上げられた。

衝撃と痛みと快感の中、このまま死ぬかもしれないと思った。

こんな幸福な死が、あるだろうか
その時、一嶺がぶるっと震え、すぐに滾った白濁が体内へと注ぎ込まれる。

「あぁ、あぁ、……っ」

快感に引きずり込まれるみたいにして、雪も彼を締めつけながら一緒に昇りつめた。

「ひぁ、あ、やぁあ……っ」

「雪。雪……っ」

追い打ちをかけんばかりに、逞しい性器が雪の粘膜を突き上げる。

雪が頂点を極めたその時、快感の余韻に浸っていたはずの一嶺が、ふたたび力を取り戻し、二度目の射精をしたのだ。

奥まで塞がれているのに吐精され、蜜壺《みつつぼ》を掻き回すような、淫らすぎる音が響いた。

初めての性交は淫靡《いんび》すぎて、陶酔を極めた。

二人は抱き合い、くちづけを繰り返す。

射精したばかりの敏感な身体が、痙攣みたいに震えた。それが恥ずかしくて身じろぎすると、一嶺にくちづけられる。

うっとりするような甘い接吻だった。

「ふ、……う、ふ……」

何度も唇で愛撫され、髪を撫でられる。いつしか瞼や頬、顎から鼻の頭までキスされて、最後はくすぐったくて笑ってしまった。

「雪、愛しているよ。私だけの、可愛い仔狐」

「雪も……」

「雪も？　雪もの続きを、ちゃんと言って」

頑是《がんぜ》ない子供みたいな願いに、心が蕩けそうだった。

「あいしている、一嶺。あなただけ……」

広い胸に抱き寄せられると、あっという間に意識が途切れていく。

まだ眠りたくない。眠りたい。眠りたくない。

抗《あらが》いながら、あっという間に眠りの沼へと引きずり込まれる。

でもそれは子供の頃に一嶺と眠った、あの幸福な眠りにも似ていた。

□□□

しばらくして心地よい眠りから目覚めても、二人は何度もくちづけして、お互いを慈しむように抱き合っていた。

(ちっちゃい頃に戻ったみたい)

そう思ったとたん嬉しくなった雪は一嶺の胸に鼻を擦りつけて、くんくんする。

小さい子供みたいな、そんな戯れだ。

「こら、いたずらっ子め」

たしなめることはしても嫌がる様子ではなない。

そんな一嶺の反応が嬉しかった。

「雪ね一嶺のことが、だーい好き」

「先ほど、愛していると言ったのに、もう忘れたの？」

窘める口調で言われたけれど、それさえも心地よく聞こえた。

「だって、愛しているも大好きも一緒だもん」

上目遣いにそう言うと、急に恥ずかしくなってきて顔をそらす。

「なんだい、急に」

「愛って、よくわかんない」

そう呟くと、抱きしめてくる腕の力が強くなった。

「愛ね……。雪が亡くなったお母さまを想うのも愛。佐緒里姫がお腹にいる赤ちゃんを守ろうとするのも愛。私がきみを大切に想うのも愛だ」

「みんな、大事ってこと？」

「何よりも大切で、かけがえのない存在という意味だよ。私だけのお嫁さん」

囁く声で言われた言葉は、雪の心を甘く溶かした。

「雪も、――――あいしてる。雪だけの、旦那さま……」

そう返すと広い胸に抱き寄せられる。雪はうっとりと目を閉じた。

【epilogue】

それから半年と少したった、ある昼下がり。冷泉家に吉報が舞い込んでくる。

「雪、おめでたい話だ。佐緒里姫が、無事に出産されたそうだよ」

「え！　本当？」

「愛らしいお姫さまの誕生だそうだ」

「わぁ！　やった！」

白音が寄こした電報では、可愛い女の子が誕生したとある。

けっきょく姫君は両親に懐妊を伝え、家に戻った。

一嶺との婚約は偽装で、赤ん坊の父親は英国人の男だとも暴露した。

叱られるのを覚悟の帰宅だったが、赤ん坊が大好きな両親は、初孫の誕生にウキウキしていたそうだ。

そして赤ん坊の父親を捜索すると、相手はすぐに見つかった。なんと領事館に勤務する、たいそうなエリートだという。

その相手に佐緒里姫の父親が事情を話すと、彼はすぐさま日本へと舞い戻った。

そして、佐緒里姫に求婚したという。

「相手の人、なんていったっけ。あ、ジョーンズさん。良い人だし、独身で恋人もいなくて、しかも日本で出会った姫君に恋焦がれていたって、すごいよね」

「そうだね。まさに佐緒里姫の独り勝ちみたいなものだ」

雪と一嶺は顔を見合わせ、ふふふと笑う。

「きみも国に帰るのを思いとどまってくれて、本当によかった」

しみじみ言われて、雪は顔が真っ赤になる。

「一嶺と相思相愛になれたんだもん。帰れるわけがないよ」

素っ気なく言ったつもりだったが、顔と首筋が真っ赤になっていた。

実は帰らないと決めてから、霙を説得するのが大変だったのだ。

彼は雪が国に帰ると聞いて、喜びの酒盛りまでしたらしい。だから、もう少しこちらの世界にいると言った時、がっくりと肩を落とした。

『いいです……。雪さまの傍若無人ぶりには慣れています』

打ちひしがれた様子の霙に、ごめんねごめんねと繰り返す。

彼は肩を落としながら、それでも引きつった笑顔を浮かべた。

『大丈夫。あと百年も待てば、いいのでしょう……』

ぶつぶつ呟きながら、ポンッと消えてしまった。

まるで、春の霙のように。

（霙、ごめんねー）

百年と言われたが、人間の寿命がそれほど長いとは思えない。

きっと一嶺は百年もたたずに、姿を消してしまうだろう。

その時は雪も、一緒に消えてもいい。そうだ、そうしよう。

そう考えると、少しだけ気が楽になる。死んでも一嶺と一緒なんて、とても素敵だ。

「何を考えているの？」

不意に顔をのぞき込まれて、ちょっと息が止まりそうになる。まさか百年後のことなんて言えっこない。

人間はものすごく繊細だから、消えてしまう話は禁忌《きんき》だ。

「ねぇ、雪。何を考えていた？　言いなさい」

優しく微笑まれたけれど、その笑みの裏側は怖いとちょっと知っている。

いつもは優しく穏やかだけど、二人きりになると彼は、暴君になるからだ。

むろん優しくて甘い、雪だけの暴君だけど。

「ううん。一嶺と一緒にいられて幸せだなぁって思っていただけ。ね、それより佐緒里姫へのお祝いは、何にしようね」

そう言うと、チュッとくちづけられた。

「私の仔狐は、嘘がうまい」

そう囁かれて、ドキドキする。

この胸のときめきは閨のことなので、これも秘密にしておく。昼間のこの部屋は、誰が出入りをするか、わからないからだ。

そんなことを考えていると、扉がノックされてすぐに開いた。

「失礼いたします。お茶のお代わりをお持ちしました」

誰が来るかわからないと思っていたら、荘寿が入ってきた。

思わず一嶺と顔を見合わせ、ふふふと笑う。

この世にあらざる怪奇現象の仔狐は、今日も幸せな世界に耽溺《たんでき》することにした。

end

恋するきつねと蒼い薔薇

【prologue】

雪《ゆき》には、記憶を揺さぶる花がある。
夜明けの空のような色をした、美しすぎる薔薇の花。
幼い雪はずっと泣いていた。
泣いて世界に絶望していた。
この世で誰よりも愛した母を、失ってしまったから。
雪は、この世から消えたいと思った。
たった三歳の子供が、死ぬことを夢見る。とても奇妙な話だ。
だけど蒼《あお》い薔薇の記憶は、いつの間にか記憶の底に沈み込んでしまった。

1

「お別れでございます」
静かな声で告げられて、小さな雪は棺《ひつぎ》の前に連れてこられた。
たくさんの花が飾られた棺には、最愛の母親が眠っている。
雪は呆然と母の手に触れた。
だが、その肌が氷よりも冷たいことに怯え、手を引っ込めてしまった。
(かあさま)
(かあさま)
(かあさま)
頭がガンガン痛む。
どうして母とお別れしなくちゃいけないのか、意味がわからない。
かあさまとお別れしたくない。一緒にいたい。ずっとずっと、一緒にいたい。
絶対に、絶対に、離れたくないのに。
「お名残は尽きぬと存じますが、間もなく蓋《ふた》を閉めさせていただきます」
背後から雪の身体は引き離されて、大人たちが棺に蓋をしてしまう。

（まって）

（まだ、かあさま、おきてない）

（まって）

その時、後ろから誰かが雪に声をかけた。

「雪さま。お別れでございます。お母さまに手を合わせて、お見送りいたしましょう」

「あの、あのね。ちがうの」

「お可哀想に。まだ母親の死が理解できていないのでしょう」

「すぐに出棺になります。最後のお別れは、お済みですね」

誰かがそう囁いた。まるで、早く葬儀を終了させたいみたいだ。

でも、まだ母があの中にいる。

いるのに。

「あ」

ハッと気づいたのは、母の首飾りのことだ。

眠る時は宝石箱を枕元に置いていたぐらい、とても大切にしていた。

あの宝石があれば、母は目を覚ます。

だって、いつも嬉しそうに見つめていた首飾りだもの。

あの宝石を見たら。そうしたらきっと。

あんな棺から、飛び起きる。
いつもと同じに、元気に笑ってくれるはず。
起きる。
「雪さま⁉」
誰かの制止の声が背後から聞こえた。
それを振りきって葬儀の部屋から飛び出す。
自分と母の屋敷を目指そうとしたのだ。
だけど地理も理解できない小さな子供が、家にたどり着くのは至難の業《わざ》だ。
右も左もわからない。
どこをどう行ったらいいのかもわからない。
汗が流れて頬を伝い、黒い服の襟元を濡らす。
泣いちゃダメ。かあさまが待っている。
大切な宝石を雪が持っていくのを、待っているのだ。
「雪さま」
その時、後ろから聞こえたのは。
「霙《みぞれ》！」
いつも雪の面倒を見てくれる、優しい従僕だ。

「いきなり、どうなさったのです。まだ葬儀は続いているのに」

「あの、あのね」

「飛び出していかれたから驚きましたよ。追いついて、よかった」

「ユキ、かあさまの、くびかざりが」

「首飾り？」

「あれないと、あれないと、かあさま、そとに、でられない、の」

「雪さま……」

「あんな、しかくい、はこ、かあさまイヤ、よ。はやく、おきなきゃ」

しかくい、はこ。棺のことだ。

忠実な僕《しもべ》は今日がどんな日か、もちろん承知している。

今日は雪の母、雫《しずく》の葬儀だった。

先ほど最後のお別れが終わった。すぐに出棺して、墓地に埋葬される。

だが幼い雪には、そのことが理解できていないのだ。

そもそも母親が亡くなった事実さえ、受け止めきれていないのだ。

霙は雪と視線を合わせるために、しゃがみ込む。そして、ゆっくりとしゃべった。

「雪さま。今日は雫さまとのお別れの日でございます」

それを聞いた雪は、大きな瞳をパチクリさせた。

「雫さまはご病気で、身罷《みまか》られました。ですから、さようならを」

「ちがうの！」

「え？」

「あのね、かあさまは、ねてるの。だからね、かあさまの、くびかざりを」

「……雪さま」

「かあさまね、あのくびかざりが、だいすきなの。だからね、もっていくの。……の」

霙の瞳に涙が浮かんだが、彼はそれを拳《こぶし》で拭った。

頑なに言い張る子供に、何が言えようか。

霙は眉をしかめて考え込んでいたが、思いきったように雪を抱えて立ち上がった。

「あう」

いきなり視線が高くなり驚いて、目を見開く。

「わかりました。雫さまの首飾りを取りに行きましょう」

「ほんとっ？」

「はい」

霙は雪の身体を背負い直した。

「走ります。振り落とされないように、しっかり掴まっていてください」

2

霙はものすごい速さで街を走り抜けて、雪と母親が住む屋敷に戻った。

さすがに肩で息をしていたが、それでも子供を背負って走ってくれたのだ。

中には誰もいない。いつもなら使用人たちがいるのに。

全員が葬儀に参列しているため無人なのだと、幼い雪にはわからない。

全力疾走が応えたのか、霙が床に座り込む。

振り返った雪に、霙は凛《りん》とした声を出す。

「雪さま。わたくしは動けないので奥さまの首飾りを、取りに行ってください」

いつもの彼の声音ではない、ゼェゼェと荒い息。

「霙、だ、だいじょうぶ？　おみず、もってくる」

「わたくしに構わず、早く行ってください。早く！」

自分が怒鳴られたのかとビクッとしたが、いきなり走りだす。

とたとた足音を立てて母の部屋に飛び込み、寝台の隣にある引き出しを開けた。

中には香水や宝石箱など、きらきらしたものが入っている。

「あった……っ」

象嵌《ぞうがん》の宝石箱。蓋を開けると虹色の輝きを持つ、大きな石がついた首飾りを見つけた。

「これ、もっていけば、かあさま、おきるの、……の」

いつもみたいに、笑ってくれる。

『雪』と優しい声で呼んでくれる。

かあさま。

「雪さま、ありましたか！」

座り込んでいたはずの霙が、部屋の扉を開く。

「あった！　あったぁ！」

嬉しくて笑顔になった雪を、彼は痛ましそうな瞳で見つめていた。

「ようございました。さ、急いで戻りましょう」

「うん！」

「首飾りを落としたら大変です。わたくしがお預かりしておきますね」

彼は紐《ひも》がついた袋を取り出し、首飾りを入れる。

そして首から下げ、懐にしまった。

「また走ります。飛ばされないよう、しっかり掴まってください！」

霙はそう言うと、またしても雪を背負って屋敷を飛び出す。

早く。

早く斎場に戻らないと、雫の身体が埋葬されてしまう。

王の寵愛《ちょうあい》が薄くなった愛妾など、死んだとて誰も惜《お》しまれることはない。

ましてや、その子供のことなんて、誰も気にしないだろう。

雪が斎場から姿を消したことに気づき、追いかけたのが、霙だけだったのと同じように。

その霙は、ひたすら走り続けた。

「霙、はやいよ。だいじょうぶ？　ねぇ、もうちょっとゆっくり……」

雪がそう言っても、霙は足を緩めたりしなかった。

いつもの穏やかな彼からは信じられないぐらいの速度で、ふたたび斎場まで走る。

だが。

先ほどまで何人もの弔問客がいた広間は、誰もいない。

それどころか、係の者が会場の片づけを始めている。

「すみません。さっき、ここで葬儀をしていた方々は、どこに行かれましたか！」

霙がすごい剣幕で訊ねると、係の者は驚いて身を竦めてしまった。

「先ほど出棺され、墓地へ向かわれましたよ」

その言葉を聞いて、霙はまたしても走った。

墓地。王族にゆかりがある者は、愛妾であっても埋葬する墓地は、一つしかない。

雪はその時、初めて恐怖を覚えた。

（ぼち。おはか。……おはか？）
一度だけ先祖への墓参をする父王に、愛妾や庶子たちも随行することを命じられた。
その時に初めて見た、たくさんの墓石。
なぜそんなところに、母親を連れていくのだろう。
（どうして、かあさま、おはかに、いったの？）
どきどき心臓が跳ねる。指先が冷たくなる。
（かあさま。くびかざり、もってきた、の。これだよね。これだよね？）
これを差し出せば、きっと喜んでくれる。
雪はいい子ねって言って、ぎゅっと抱きしめてくれる。
ぜったい。ぜったいに。
怖くて涙が出そうだ。思わず霙の首に、ぎゅっとしがみつく。
「雪さま、もうじきです。もうじき、雫さまに会えますからね」
霙は走る速度を緩めず、それだけ言った。
いつも落ち着いていて、丁寧な応対をする彼の、その性急さが、雪は怖かった。
目前に広がる巨大な墓地が目に入る。
怖い。怖い。
死んだ人たちが埋められているところに、どうして自分の母親が連れていかれたか。

考えただけで、頭の芯が痺れたみたいに痛い。
墓地に到着しても霙は雪を下ろさず、小道を進んでいく。
ほどなくして何人かが、墓石に向かって花を手向《たむ》けていた。
先ほど斎場にいた人間だ。
その中の一人が、雪を抱えた霙に気がつき、こちらに向かって歩いてくる。
「霙、どこに行っていたんだい」
彼女も黒い服を着て、涙を滲ませていた。
「王は一刻も早く埋葬しろとおっしゃるし、あたしたちはもう、涙があふれて」
だがすぐに霙の背に背負われているのが雪と気づき、大きな声を上げる。
「雪さま。どちらに行っていらしたんですか！　お母さまと最後のお別れが」
最後のお別れが。
彼女の後ろに見える、大きな石の塊。あれは、なんだろう。
どうして母の姿が、どこにもないのだろう。
（はやく、たすけなくちゃ）
（かあさま、おはかなんてイヤねって、いってた）
（はやく、おうちにかえろう）
（かあさまといっしょに）

そう焦った雪の耳に聞こえたのは、嘲りが交じった声だった。

「やっと来ましたよ。妾の仔狐が」

「自分の母親が埋葬されるのに、どこをほっつき歩いていたのやら」

「氏《うじ》より育ちと申しますが、しょせん愛妾の子。親子の縁も薄いのですよ」

口さがない人たちが、くすくす笑っている。

彼らは故人を弔《とむら》うために、墓地に来ているわけではない。

王の愛妾の末路を見物しに来ているだけだった。

そばにいた嬢が口惜しそうな顔をしていた。彼は雪ともども母親とも親しかった。

だが雪はそれどころではない。母親の姿が見えないのだ。

皆が取り囲んでいた墓石の前に、たくさんの蒼い薔薇が供えてある。

あれは、母が好きな花だ。

(かあさま。どこ)

(くびかざり、もってきたの)

(だいじ、だいじの、くびかざり)

(とおさまにもらった、ぴかぴかの、ほうせき)

「雪」

低い声に名を呼ばれ顔を上げると、そこには長身の男が立っていた。

母が焦がれて、焦がれ抜いた男だ。

父王が表情の見えない顔で、自分を見下ろしていた。

彼は黒い天鵞絨《ビロード》の喪服を着ている。だが、その黒衣はなぜか艶《なまめ》かしく、場違いなほど魅力的に王の美貌を引き立てていた。

「母親の埋葬にも立ち会わず、いったいどこに行っていたのだ」

「……え？」

「お前の母は、先ほど地の奥深くに埋められた。もう顔を見ることも叶わん」

父王は、ちらりと背後に建立された墓石に、視線を移す。

うめられた。

もう、かおもみられない。

かあさま。

「なんと薄情な仔狐よ」

呆れたように言い放った父王の言葉など、雪の耳には届いていなかった。

聞こえているのは、優しい声。

ずいぶん聞いていない気がする、大好きな母の声。

『まぁ、雪！　首飾りを取ってきてくれたのね。嬉しいわ』

そう言って母は笑ってくれるはずだった。

そのために霙は立ち上がれなくなるぐらい、走ってくれた。

『嬉しい。この首飾りは、お父さまから賜わったの』

息ができない。

ひゅーひゅーと、嫌な音が喉の奥から聞こえる。

これは、なんの音だろう。

「雪さま、どうなさいましたか」

遠くで霙の声がした。実際は雪の隣に立っていて、心配そうにのぞき込んでいたのに、ものすごく遠くから音が聞こえた。

「雪さま、しっかりなさってください！　雪さま！」

倒れた身体を抱きすくめ、霙が叫んだ。

だいじょうぶと言いたかった。でも声なんか出なかった。

耳も遠くなってきた。息ができない。

霙の声がどんどん遠くなるのに、優しい声だけは近くなってくる。

母の声だ。

『この首飾りは、お母さんの宝物』

綺麗な虹色の光を放つ、美しい宝玉。

『奥方さまでもほかの愛妾でもなく、お母さんだけにくださった、大切な宝物なのよ』

嬉しそうに頬を染め、微笑んでいた母。

きっと最期《さいご》の瞬間に思い描いたのは、雪ではなく父王の顔だったろう。

でも母が愛した男の声は冷たいものだった。

「埋葬も終わった。屋敷に戻る」

「王よ、お待ちを。雪さまの様子がおかしいのです。どうぞお手をお貸しください」

必死な嚢の声がする。だけど呼びかけた相手の声は冷たい。

「罰当たりの仔狐は、そこらに転がしておけばよい」

素っ気なく言いはなつと、雪を抱きかかえた嚢に背を向けた。

「どれほど嘆いたとて、死んだ者は生き返らない。生者は置き去りだ」

そう吐き捨てて、父は歩きだした。

苦しんでいる雪を、もう振り返ることはなかった。

「墓地は辛気《しんき》くさくて寒気がする。埋葬も済んだ。帰るぞ」

倒れている我が子に目もくれず、彼は臣下とともに立ち去ってしまった。

雪は地面に転がりながら、その後ろ姿を見た。

幼児とは思えぬ、憎しみに満ちた強い眼差しで、父親である男を睨みつけていた。

(きらい)

(きらい)

（だいきらい）
（だいっきらいい！）
声にならない叫びを上げながら、雪は決して許さない。
父であっても。いや、父だからこそ。
あの男のことを雪は激しく憎み、絶対に許すことはなかった。

3

母の死から、十五年。

狐の国から人間の国に落ちてきてから、同じ時が過ぎた。

雪はもう、三歳の子供ではない。

もう年も十八になり、愛する人とともに人生を歩み始めていた。

大切な人の名は、冷泉一嶺《れいぜいかずね》。

冷泉子爵家の若き当主と愛を確認し、幸福な日々を送っていた。

その一嶺の部屋に現れた長身の青年。名前は霙。

「雪さまからお預かりしていたものを、お返しいたします」

狐の国では雪の側仕えとして、幼少の頃から面倒を見てくれた。人間の国へ移り住んだ今も、何くれとなく世話を焼いている。

その霙が差し出した桐《きり》の箱に、雪は笑顔を浮かべた。

「ありがとう。霙が保管してくれてなかったら、きっと捨てていたよ」

「お役に立てて、嬉しゅうございますよ」

雪が三歳の頃に狐の国を飛び出し、人のいる世界に落ちてきたのだ。

最愛の母が亡くなって日も経たぬうちに、父王は新たに愛妾を迎え入れた。

幼い雪は、もう顔も見たくないと思ったし、未練もなかった。

霙は幼い雪をずっと心配して、人間界と狐の国を行き来していたのだ。

「しかし霙さんが空中から姿を現した時は、本当に驚きました」

穏やかな声は、一嶺だ。

雪を長きに亘《わた》って世話してくれた霙に、ぜひ会って話をしてみたいと言いだしたのだ。

「失礼つかまつりました。一嶺さま、ご無沙汰いたしております」

「私こそ、お久しぶりですね。雪の大事な霙さんにお会いするのは、いつも緊張します」

「そんな、大事などと……」

恐縮する霙に、一嶺は目を細めて笑う。

「この子は口を開けば、霙がね、霙がねと話すから、妬けてしまいます。でも一嶺さまとおっしゃられると緊張してしまうな。もっと気楽に呼んでください」

そう答えた一嶺に、霙は戸惑った顔を浮かべる。

「一嶺さま。どうぞ敬語はおやめください。主人である雪さまの、お連れ合いであるあなたさま。勝手ながら、わたくしにとって主人も同じと思っておりますので」

「いや、しかし……」

「わたくしは人さまと親しくお話しすることができません。性に合わないと申しますか、生まれながらの使用人気質《かたぎ》と申しましょうか」

「そんな気質があるのかな」

「不思議と、あるのでございますよ。このような対応をしていないと、落ち着かないのです。どうぞお気になさらずに」

雯もちょっとだけ微笑んだ。

一嶺は何か言い返そうとしたらしいが、不毛であると判断したようだ。

「では私のことを、雪の連れ合いと思ってくれるかな」

「はい。一嶺さま」

連れ合いであっても、彼にとっては主人と同じ。敬意を持っているのだ。雯にとっては敬語のほうが、しっくり来るのだから仕方がない。

隣で話を聞いていた雪は、一人で顔を真っ赤にしていた。

それはなぜかというと。

一嶺の口から、『連れ合い』という一言が出たからである。

(つれあい)

(つれあいって連れ合い？　って夫婦だよね……、だよね)

(夫婦だよね！)

いきなり真っ赤になり、まだ話を続けている二人の声が聞こえなくなる。

（夫婦。夫婦って、夫婦！　ひゃあああぁぁ）

（うわぁ。恥ずかしい。恥ずかしい。でも。でもでもでも）

（――――うれしい）

顔が、にやけてしまった。

自分と一嶺が、おままごと婚だというのは、もちろんわかっている。

でも一緒にいられて一緒に食事をして、くちづけして抱き合って。

そして一緒に眠っていれば、夫婦らしくなってくる。

魂が、同じ形になってくるからだ。

考えただけで、頬が熱い。きっと茹《ゆ》で蛸《だこ》だろう。

絶妙のタイミングで一嶺が話しかけてくるから、ぴっ！　と尻尾が逆立った。

「雪、どうかした？」

恥ずかしくなって、ごまかすように口を開いた。

「霙が返したいものがあるって言っていたけど、母さまの首飾りのことだったなんて、想像もしてなかった。すごく嬉しい」

「はい。お小さい時は見たくないから捨ててとおっしゃっていましたが、わたくしが大切に保管しておりました。大切なお母さまの形見ですから」

「霙……」

「もう、お気持ちも落ち着かれた頃かと」

そう言われて、浮かれていた心が一気に引いた。

母が亡くなって傷ついた雪へ、追い打ちのようなひどい父の言葉がよみがえる。

許せなかった。憎しみしかなかった。だから。

『いらないっ！　もう、すてる。すてて！』

毎日、本当に毎日泣いて、霙に激情を向けていたのだ。

思い返せば、ただの八つ当たりだった。

「霙。あの時は、ごめんなさい」

突然の言葉に霙は、戸惑った表情を浮かべたが、すぐに穏やかに微笑んだ。

「お返しできて、本当にようございました」

あの時、幼かった自分の戯言《たわごと》を、霙は聞いてくれた。

子供を背負って斎場から家に、そこからまた斎場へ、さらに墓地へ走ってくれた。

子供を背負って、走り続けてくれたのだ。

隣で話を聞いていた一嶺は、不思議そうに首を傾げている。

そうだ。彼に過去の話をしていなかったと、気づいた。

「あ、あのね」

父との確執を、ちゃんと言葉にするのは初めてだ。

事の経緯を、順を追って説明する。霙はただ黙って、聞いていてくれた。
言うのは恥ずかしい。でも告げなくてはならない。
一嶺に隠し事は、絶対にするつもりはなかった。

4

「……って感じで、雪は激情に任せて家出して、こっちの世界に落ちてきたの」

一嶺も無言で聞いていた。その沈黙が、ありがたいと思う。

あの時。あの幼い自分。冷たかった父と、雪を嘲った愛妾たち。

あふれんばかりに供えられたけれど、誰も喜ぶ者のいない蒼い薔薇。

永逝《えいせい》してしまった母の想い。

何もかもが綯い交ぜになって、小さな雪には整理できなかったのだ。

「母さまの、化身みたいな石だよね」

きらきら光る石に縁どられた、虹色に光る大きな宝珠がついた首飾り。

母、雫が残した数少ない形見。

「そんな悲しい話があったんだね」

すべての話を聞いた一嶺は、切ない表情を浮かべている。

襄も記憶がよみがえったのか、悲しげな瞳になった。

「あの時、雪さまは本当に、おいたわしゅうございました」

襄はそう呟き、瞳に涙を浮かべた。

いつもは無表情で一重のため不機嫌に見られがちな彼だが、実は涙もろい性格だった。

「幼く、いとけない御子を残して亡くなられた雫さまも、どれほど心残りだったでしょう。何より雪さまがお気の毒でなりません」

はらはらと落涙《らくるい》されて、雪は言葉がなくなってしまった。

美しく優しかった母が亡くなったのは、もちろん悲しい。

でも痛みが深すぎて、心はいつのまにか固く凍りついていた。

もう何もかもがどうでもいい。そう思ったから、人間の世界に飛び降りた。

でも、そこで出会った人。一嶺。

『もうすぐ家に着くからね。頑張れ』

そう言ってくれた一嶺。

路地裏に転がっていた、汚い毛玉。

生きているのか死んでいるのかわからない、真っ黒な塊。

まともな人であれば、眉をひそめて通り過ぎるのが当たり前のごみ屑。

正体の知れない生き物を、励まし擦ってくれた優しい少年。

『生きていると、おいしいものを食べたり、お花や木やいろいろなものが見られたり、楽しいことやおもしろいことがいっぱいあるんだ。頑張ろう。死ぬんじゃないよ』

あの時。あの言葉。あの鼓動。あの温もり。

雪を生かして、この世にとどまらせてくれた人。

『動いたのかな。だったらいいな。動こう。早く動いて、楽しいことをしよう。こんなところで、死んじゃ駄目だ』

父親にも構ってもらえない。母親を失って絶望しかなかった汚い仔狐。

でも。一嶺だけは違う。

優しくて、誰よりも美しい冷泉家の若き当主。

一嶺のそばにいられるなら、どんなことでもしたいと思った。

手に持った母の宝石を、きゅっと握りしめる。

(雪には一嶺だけ)

父は存命であるが、幼子だった自分は、完全に彼を見限っていた。

今でもその気持ちに変わりはない。

そんな雪に、霙はまた涙がこみ上げてきていた。

「雪さま。一度は霙と狐の国にお戻りになりませんか。お母さまの墓参をいたしましょう」

不意に言われて俯いていた顔を上げると、真摯《しんし》な瞳の霙に見つめられている。

雪は即座に首を横に振った。

「いや」

「嫌でございますか」

「だって戻っても、母さまはいないもん」

「お参りも嫌でございますか」

「いや。雪、墓地なんて大っきらい」

その一言で霙は過去のことを思い出したのだろう。はっという顔になる。

「左様で……、ございますね」

彼はふたたび涙を流す。

雪は霙の涙に困っていると、一嶺が口を開いた。

「霙、ありがとうございました」

彼はそう言うと、霙に向かって手を差しのべた。

「え？」

「幼い雪に寄り添い、ずっと庇《かば》い続けてくれた。どんなに感謝しても足りないぐらいだ」

彼は霙の手を、ぐっと握りしめた。

「幼い頃、雪の味方は母上だけだったろう。だが、その方も亡くなってしまい、たった一人ぼっちだった。きみがいてくれたから、雪は生きられたのだと思う」

「とんでもないことでございます。わたくしは、ただ仕事で」

「仕事？　幼い子を背負って斎場から家に、それからまた斎場へ、そして墓地へと走ってくれた。母親を亡くし途方に暮れた子供を、見捨てなかった。寄り添ってくれた」

一嶺の瞳には、うっすらと涙が滲んでいた。

「それは仕事じゃない。愛情だ」

雪の瞳にも、大粒の涙が浮かんでいる。

「霙、きみがいてくれたから、私と雪は出逢えた。そして夫婦にもなれた。きみなくして、この人生はあり得ない。――――感謝します、霙」

握りしめた霙の手に、一嶺は額を押しつけた。

神に祈りを捧げる姿にも似ていた。

だが驚いたのは霙だ。

「一嶺さま、お顔を上げてください。誰でもあの時はそうするものです」

「いや。母上の首飾りを、きみは自分のものにすることもできた。それなのにずっと大切に保管し、こうして雪の手に戻してくれた」

「そんな、買い被りでございます」

「きみは誠実で、心根の真っすぐな人だ。賞賛に値する」

なおも握りしめた手を離さない一嶺に、霙は優しく微笑んだ。

「それは雪さまが、あんまりにもお可愛らしかったからです」

「霙……」

雪から声が出てしまった。

当たり前のように霙の好意を受け取っていたが、彼が悪人だったら、こんな高価なものは、すぐさま売り飛ばされていただろう。

霙は懐かしいものを思い浮かべるように、目を細めて雪を見る。

「雪さまは、可愛らしい御子でございました。しかも、何かに喜び笑顔になられると、それはもう天使のようでございましたよ。一嶺さまもご存知でしょう」

「ああ、そうだな」

一嶺は昔を懐かしむような眼差しでいる。

雪は目に滲む涙を両手の甲で拭いながら、笑顔を浮かべた。

耳によみがえるのは、あの寒い夜のことばかり。

『こんなところで、死んじゃ駄目だ』

必死さと不安が入り交じった、優しい少年のことを思い出していた。

助けてもらえてよかった。

あの冷たい夜の暗闇に、埋もれなくてよかった。

絶望に苦しめられて、一秒も息をしたくなんかなかった。

でも。

生きていてよかった。

一嶺と出逢えてよかった。そして命を繋いでくれたのは、霙だ。

本当によかった。

心の底から、そう思った。

「霙と一嶺のおかげで今、雪は生きていられます。本当にありがとうございました」

そう言って頭を下げると、年長組は顔を見合わせ、なぜだか笑いを浮かべている。

「……なんで笑っているの」

二人の視線が妙に保護者じみていて、雪は憤慨する。

「笑っておりませんよ」

「私も笑ってなどいない」

一嶺も霙も即座に否定するが、やはり笑っている。

それは嘲りとかではなく、雪の成長を微笑ましく思っているからこその笑みだ。

『うちの子も、大きくなったなー』

そんな感じで浮かべる、すごく優しい笑み。

ただし人間の子供ではなく、自分の家で飼う犬猫に向ける目だ。

すぐにそれを感じ取った雪は、真っ赤になった。

「いつまでも、仔狐あつかいしないで！」

とうとう雪がキレた。

その言いざまは、まさしく絶妙としかいえない。むしろ可愛い。

二人はまたしても笑い、雪はムキーッとなる。
とても和やかで優しい時間だった。

5

霙を夕食に招待したが、体《てい》よく辞退されてしまった。

彼はまた参りますのでと言って、来た時と同様、一瞬で消えてしまった。

「これが狐族の能力か。すごいものだな」

しみじみと感心する一嶺に、雪はふふっと笑う。

「狐なんか、いてもいなくても同じだよ。唯一できることが、人間界と狐の国を行き来できることぐらいだもん」

そう嘯《うそぶ》いて、先ほど霙が持ってきてくれた箱を改めて開く。

眩い虹色に光る石が現れ、一嶺がふたたび賞賛の溜息をつく。

「とても見事なものだね」

「うん、でも元は父からの贈り物だから、踏んづけたいぐらいだけど」

恐ろしいことを口にしながら、雪はぽつっと呟いた。

「母さまの宝物だったから、踏めないよね……」

悲しげに呟く雪は身体を引き寄せられ、髪に優しく接吻《キス》される。

その触れ合いに心が解けてしまいそうだ。

うっとりと抱き返そうとして、あることに気づいた。

「あ、あのね、一嶺」

「はい」

「首飾りね、母さまの宝物なの」

「そうだね。大切なものを見せてくれて、どうもありがとう」

「いえ、どういたしまして。……じゃなくて」

「こんなに大きなオパールは、博物館に入っていても不思議じゃない。大事にしまっておきなさい。万が一のことがあったら、大変だ」

「そうじゃなくて、これを貰ってほしいの」

思いきって言うと、ものすごく驚いた顔をされてしまった。

「正気かな？」

「しょうき？」

「頭がおかしくなってしまったか、確認する言葉だ」

「正気に決まっているでしょうー！」

思わず大きな声が出た。言うに事欠いて、ひどい。

「なんで雪が、おかしいって思うの？」

「この宝石の資産価値を考えれば、そう言っても当然でしょう」

「そうなの？」

「そうなんですよ。正確な金額は専門家でないからわからないが、少なく見積もっても、この館と同等の価格のはずだ」

「ぴ」

よくわからないが、固まってしまった。

ここは銀座に建つ冷泉家の館。きっと、とんでもない額に違いない。

「でも、あの父が母に寄こしたものだよ。そんな価値なんかないよ」

「どうして、そう思うの」

「言ったでしょう。父には十六人も王子がいて、それと同じ数の愛妾がいたの。母はその一人で、別にいてもいなくてもよかったんだよ」

「どうして？」

「愛妾が十六人だよ。父は誰も愛してない。それなのに何人も囲っている。不実だ！」

激する雪の話を最後まで聞くと、一嶺は首を傾げた。

「果たしてそうかな」

「え？」

「本当にどうでもいいと思う女性に情はかけないし、愛妾として囲うこともない。ましてや、こんな価値のある宝石を、わざわざ首飾りにして渡したりしないよ」

「だって父は雪にひどいことを言ったよ」

「父上がきみに、つらく当たったのは、聞いている。だがそれは、無関心でも憎さでもなかったのではないかな」

「どういうこと？」

「父上は愛する母上を喪《うしな》った現実を、受け入れられなかったのだと思うんだ」

青天の霹靂みたいな一言に、雪は目を見開いた。

「そんなわけない！」

「愛する人が亡くなって絶望し、我を失うことはよくあることだ。悲しみに暮れている時に、その女性にそっくりな子供が立っている。どうなるのだろうね」

「ど、どうなるって……」

一嶺は悲しそうな瞳で雪を見つめ、静かな声で言った。

「淋しくて我が子を抱きしめるか。それとも、悲しみが深すぎて我が子を拒絶するか」

そんなことを言われても、雪にわかるはずもない。

あの時。

あの墓地で父はなんと言っただろう。

『お前の母は、先ほど地の奥深くに埋められた。もう顔を見ることも叶わん』

そうだ。冷たい表情で、そう言い放った。それから、なんと言ったか。

幼い頃のことだから、はっきりしない。必死で記憶を手繰《たぐ》り寄せる。

「あの時、父は……」

埋葬に立ち会わなかった雪を、『なんと薄情な仔狐よ』と責めた。

それから倒れている我が子に構わず、すたすた歩きだしたのは憶えている。

いや。ほかにも何か言っていなかったか。

『どれほど嘆いたとて、死んだ者は生き返らない。生者は置き去りだ』

無表情で、死者を悼《いた》む言葉ではなかった。

「死者は生き返らないって、生者は置き去りだって言っていた」

「ああ、なるほど」

一嶺は合点がいったというように頷いた。

「私も両親を亡くした時、そう思ったよ。生きている者は、どんなに悲しくても嘆いても、置いていかれる。残されて泣くしかできない」

「あ……」

一嶺はまだ少年だった時期に、両親を事故で亡くしている。

あまり口には出さないが、傷ついているのは明白だ。

だからこそ、ひどいことばかり言った父王の気持ちが、理解できるのだろうか。

「お母さまのお墓にお参りに行っていないそうだけど、荒れているのではないかな」

「……ううん。いつも月命日になると、霙がお参りしてくれているって。先月も行って、手を合わせてくれたし」

「お墓が荒れていると、言っていなかった？」

「そんなこと聞いてない。いつお参りに行っても綺麗に掃除してあるし、ぴかぴかでお花が飾ってあるって言っていたもん。お線香もあがっていたって」

「誰が掃除して、花を供え線香をあげてくれたのだろう」

「それは、墓守りさんでしょう」

「いいかい、墓守りの仕事はお骨を納骨すること。あとは、墓地の管理とごみの清掃ぐらいだ。個別に花を供えたりすることも、線香をあげたりすることもしないよ」

言われてみて、墓地の広さに気づく。確かにあんなに広い土地の片隅に建立された墓に、墓守りがいちいち花を手向けるわけがない。

では誰が。

この十五年もの間、誰が毎月、雪の母親に花を手向けてくれたのだろう。

『お花を供えてくださる方は、よほどお母さまと親しかったのでしょうね』

霙はそう言っていた。

――――ほかにも何か言っていなかったか。

「あ」

記憶の隅にしまい込んでいたものが、よみがえる。

霙が言っていた話の続きは。

『いつも蒼い薔薇が供えてあるんですよ』

蒼い薔薇。

埋葬の時にも墓前に手向けるには不釣り合いな、尊く高価な蒼い花。

『とても高価なお花ですのに、惜しげもない量を準備してくださっていて』

蒼い薔薇。

そうだ、母は。

王にしか献上されない蒼い薔薇を、こよなく愛していた。

父が母の元に渡る時、いつも携えていたのを思い出す。

『綺麗なだけじゃなくて、花言葉も素敵なの。真実の愛ですって。旦那さまが教えてくださったわ。浪漫《ロマン》ある、すばらしい言葉だわ』

夢見る瞳で語っていた、在りし日の母。

あの蒼い薔薇は、真実の花。

「かあさま……」

いつの間にか涙があふれ頬を伝い、襟元にぽたぽた落ちる。

胸に突き刺さっていた大きな氷塊。

それが、少しずつ溶けていくみたいだ。

「毎月、かあさま、が大好きな、蒼い薔薇。真実の愛って花言葉。とおさまはかあさまのお墓に、ずっと供えてくれてたの、……の」

幼い口調に戻ってしまった雪は、とうとう泣き崩れてしまった。

父は母を、今も想ってくれている。

言葉にはできない不器用さに、呆れ果てるしかない。

一嶺はそんな雪を抱きしめ、優しく背を撫でる。

「きみはお父さまとお母さまに愛された、すばらしい仔狐なんだね」

そんな囁きを聞いて、雪はまた涙があふれた。

何度も頷いて、一嶺の広い胸にしがみついて、また泣いた。

父王はいくらでも愛妾が望めたし、彼自身が美形だから、女性に不自由はしていない。母だけ固執する理由なんか、微塵もない。

雪に関心などなかったし、倒れていても興味はない。

父親としては最低の男。

でも、父と母が愛し合っていたのは、真実なのだ。

母は何度も彼の浮気ぐせを嘆いていた。でも、父はずっと母の墓に来てくれた。

埋葬の時だって、父に参列の義務はない。

自分は愛妾の死など関係ないと言って、すっぽかしても誰も責めないだろう。
それでも、父は埋葬の場にいた。
天鵞絨の喪服で蒼い薔薇を持って、母を見送ったのだ。
そして、雪が理由をつけて墓参できなかったのに、父はずっと、母を悼んでくれた。
真実の愛とは、なんだろう。
子供だった自分には、わからなかっただけなのだ。

6

何度も一嶺とくちづけを交わし、抱きしめられた。

夕食を断り、寝台になだれ込む。

無作法で、だらしがないとわかっていたが、食事よりお互いが欲しくて、欲しくて、欲しくて、たまらない。

一刻も早く触れ合いたかった。

「初めて後ろから挿入するから、痛かったら言っておくれ」

四つん這いにさせられて、背後から受け入れた時、あまりの気持ちよさに声が出る。

いやらしい、動物みたいな声だった。

「ひゃ、あ、あ、あ、あぁ……っ」

雪を傷つけないように、一嶺は慎重に性器を押し進めてくる。

じりじりと追いつめられる感覚が、たまらなかった。

「雪、痛いか？」

優しく囁くのに硬く反り上がった性器を、けして抜こうとはしない。

雪が快感に震えていることが、ばれていたからだ。

性器から、ひっきりなしに滲む透明な体液。それが、快感の証しだった。

「あ、あぁ……」

恥ずかしい。

四つん這いの恰好は否が応にも羞恥を煽る。

「もっと奥まで受け入れられるかな。どう?」

質問されたけど、答えられない。身体がいやらしく動いているのがわかる。

体内に挿入された一嶺を、ぐねぐねと締めつけているのだ。

そのせいか彼の吐息が熱くなっている。

「う、あ……。雪、締めつけすぎだよ。悪い子だ」

無意識だったが、淫靡に締めつけてしまったようだ。

肌に浮かんだ汗が、一嶺の肌に擦られる。

それがものすごく感じた。

「あああ……っ」

「雪が私に意地悪をするなら、お仕置きをしないとね」

そう囁かれて、身体がびくびく震える。

もちろん、一嶺にも震えが伝わってしまった。

「また私を締めつけた……。お仕置きされたいんだね」

耳殻を噛まれて、頭がクラクラする。

その隙《すき》を狙《ねら》ったように、奥深くまで突き上げられた。

「やぁ――……っ」

腰を抱え直されて、抽挿が始まった。

すごく淫らな音が部屋の中に響く。

耳を塞ぎたくても、不安定な体位だから手が使えない。

「ひ、あ、あ、あ、あぁ……」

「ああ、また締まる。こうやって身体を小刻みに動かされるのが好きなんだ」

笑っている気配がするけれど、顔が見えない。

でも自分の姿は見下ろされている。

気持ちよくて腰を振っている姿を全部、見られてしまっている。

「あぁ、あぁ、……っ」

いやらしいところ、見ないで。

見て。見ないで。

見て。見て。

仰け反って身体をしならせると、雪のいやらしいところに彼の性器が当たる。

「あっ、あっ、あ……っ」

「前もここを擦ったら、今みたいな声を出した。ここが気持ちいいんだ」

抉り込むように打ちつけられて、目の裏で光が爆《は》ぜた。

口の端から、唾液《だえき》が流れる。ものすごく気持ちがいい。

（力が、入らない）

（身体中、溶ける。溶けちゃう。どろどろ。気持ちいい……っ）

一嶺の腰の動きに合わせて、必死に身体を揺らした。もう、理性が消えそうだ。

いや、消え失せてしまった。

動物のように交じり合っているのは、まさに狐の性交だ。

「一嶺、一嶺ぇぇ……っ」

彼は雪の性器に触れ、上下に擦り上げてくる。

「ひゃあ、あ、あ」

「雪。私のことを、旦那さまと呼んでみて」

もうろうとしていた頭に、彼の声がした。でも意味がわからない。

「簡単だよ。旦那さま、愛しています。雪をもっと可愛がってと言ってごらん」

囁かれる言葉は、甘い毒みたいだった。

ふだんならば、絶対に言わないだろう台詞。

でも、だからこそ口に出してしまう、魅惑の言葉。

「あ、ああ、だ、旦那さま……っ」

「雪……」

「旦那さま、好き。好き。もっと抱いて。もっと深く、旦那さまのものにしてぇ……」

被虐的な言葉を発するだけで、身体は敏感に反応する。

一嶺の性器を締めつけ、もっと奥へと誘い込むように体内を蠕動《ぜんどう》させた。

「どこでこんな手管《てくだ》を覚えた。悪い子だ」

宣言した通り、彼は雪を折檻《せっかん》するみたいに、何度も抉ってくる。

濡れた、いやらしい音が響いて、恥ずかしい。

「頬が赤いよ。可愛いね。私にこうされて、気持ちいいの」

「い、いい。いい……」

「雪の肌は本当に白いけれど、こうやって抱いていると火照《ほて》ってきて綺麗だ」

「いや、あ、言わないで」

「どうして？　私の大好きな肌の色だ。素敵だよ」

一嶺は淫猥《いんわい》な音を立てながら、身体を突き上げてくる。

もう、とろとろの蜜壺みたいに蕩けているのに。

「雪、一緒にいこう。最高の気持ちになれるよ」

そう囁かれて、わけもわからず頷いた。

一緒に。一嶺と一緒に。

その魅力的すぎる言葉に、溶けてしまいそうだった。

背後から貫かれながら、雪はとうとう階段を昇り詰める。

「ああ、ひぁあ、あ、ああ、いい、いい、いっちゃう……っ！」

太い性器に擦り上げられて、身体がビクビク震えた。

やっぱり一嶺の身体は最高だ。

鳥肌が立ちそうな快感を、惜しげもなく与えてくれる。

「雪。雪……っ」

一嶺の動きが激しくなる。

それに合わせるように、雪の身体が淫らにうねった。

「いっちゃう、いっちゃう、いく、いく……っ」

激しい痙攣の後、悲鳴みたいな声を上げて、雪が絶頂を極めた。

彼に握りしめられた性器から、白濁が飛び散った。

だがまだ、身体を貫いている一嶺の動きは止まらなかった。

「ひぁ、ぁあ……っ」

射精した直後の身体を抉られて、もうまともな声も出ない。

仰け反った恰好のまま、ただ悦楽に縛られているばかりだった。

「いやらしい仔狐め。こんなに男を煽るなんて」
また。まただ。
一嶺の言葉が雪の官能を揺さぶる。
彼の言うことは、いつも身体を蕩けさせる。
媚薬とは、こういうものだろうか。
誰もが、いつでもやめられると嘯いているのに、本当にやめられるのは極わずか。
どんな紳士淑女も首まで浸かり、蕩けそうな夢を貪《むさぼ》っている。
雪の媚薬は一嶺だ。
彼が、彼だけが雪の媚薬で、雪の宝石で、雪の蒼い薔薇なんだ――。

7

雪が目を覚ました時、辺りは真っ暗だった。

そろそろと身体を起こすと、ちゃんと寝間着姿になっている。

「いつの間に着替えたんだろ……」

当然、自分が着替えたわけがない。

「一嶺だ」

その証拠に、汚れているはずの肌が綺麗になっている。きっと濡れタオルで拭ってくれたのだ。一嶺は、そういうところがマメだった。

でもその本人の姿はない。どこへ行ったのだろう。

雪はなんとなく不安になって、探しに行こうと寝台を下りた。だが、身体に力が入らなくて、ドタッと音を立てて倒れ込んでしまう。

「いたっ」

ご丁寧に額をぶつけ、思わず涙が滲む。

そのとたん、不安の波が襲ってきた。

一嶺がいないのが怖い。暗闇も恐ろしい。

この館に来た時から、雪は夜が嫌いだった。もちろん雪なりの理由がある。母が息を引き取ったのが、真夜中だったから。

だから暗闇が忍び寄ると、不安を煽られる。

成長した今でも、闇夜は心もとなさを覚えるばかりだった。

「一嶺、一嶺、一嶺ぇ」

いつもは名前を呼ぶだけで、ほっこりする人の名。でも今は逆だ。

呼べば呼ぶほど、動揺が広がっていく。

（ダメだ。どんどん涙が）

ポタッと音を立てて、水滴が手の甲に落ちた瞬間。均衡《バランス》が一気に崩れる。

「一嶺ぇぇぇぇ……っ」

恨みがましい声で、とうとう泣き崩れてしまった。

「雪、どうしたんだい？」

まるでタイミングを見計らったように、本人が扉を開けて中に入ってきた。

床に座り込んでいた雪は、驚いて口を大きく開く。

「か、一嶺、一嶺ぇ」

「やぁ、びっくりした。廊下にまで幽霊みたいな声が聞こえたよ」

「ゆ、ゆうれ、い？　み、み、見たの？」

しゃくり上げながら問うと、優しい目で見つめられた。

「まさか。幽霊なんて、創作物だよ。親の幽霊さえ見たことがない」

変なところでリアリストの彼は、床に座り込んだ雪の両腋《りょうわき》に手を差し入れる。

そして軽々と抱き上げて、寝台に座らせてしまった。

「それで、どうして泣いていたの。私の可愛い黒狐」

そう囁いてから、頬にキスをしてくる。

（あったかぁい）

慈愛に満ちた触れ合いは、雪の心に染み入るみたいだった。

初めて出会った凍える夜も一嶺は、あったかいを分けてくれたのだ。

「一嶺だいすき……」

「――きみにとって私は、いつまで一嶺なのかな」

「う？」

意味がわからず首を傾げると、今度は鼻の頭にチュッと、くちづけられる。

彼は寝台に座り込んだ雪の隣に腰を下ろし、そっと首に触れてきた。

「一嶺じゃ、駄目なの？」

「構わないけれど、別な呼び方があるよ。夫婦なんだから」

「夫婦……」

「昨夜は名前ではない別の呼び方をしたでしょう」

旦那さまだ。

そう思うと、顔が熱くなる。恥ずかしい記憶がよみがえったからだ。

「あ、あれは言ってって言われたから、だから」

「だから？」

「だって、そんなの恥ずかしいから言いたくない」

閨の中で、何度も口走ったあれを、一嶺は気に入ったのだろうか。

でも雪は、旦那さまなんて恥ずかしいことを、言いにくい。

誰が聞いているかわからないし、何より恥ずかしい気がする。

「雪、もう忘れてしまったの？」

「ええと、な、なんだっけ」

とぼけようとすると、彼はじっと見つめてくる。

「雪に旦那さまって言われると、すごく可愛くて嬉しかったんだけど」

そう言って、切なそうな眼差しを向けられた。

雪はこの眼差しに、めっぽう弱かった。こんな不毛な流れは得意じゃない。

「あ、あのね」

「はい」

見据えられて、顔が赤くなる。鏡がなくても、自分の顔色ぐらいわかった。

一嶺は、まるで悪戯《いたずら》を企《たくら》むような顔で、雪に向き直る。

今さらだけど、心臓がバクバク鳴り響く。でも。

でも、言いたい。

「旦那さま、すき……」

そう囁くと、一嶺は満面の笑みで抱きしめてくる。

「嬉しい。私の可愛い奥さん。ずっと一緒にいよう。生まれ変わっても、ずっとだ」

「うれしい……」

そう囁いてくちづけ、また抱きしめた。彼の肩に顔を預けていると、ものすごく幸福な気持ちになって、雪の唇も微笑みを形づくる。

【epilogue】


「そうだ、昨夜の話の続きだけど、首飾りはやはり雪がつけたほうがいいよ」

昨夜はうやむやにしてしまった、母の首飾り。

「雪が？　やだよ、そんなの。女の子じゃあるまいし」

「雪はとてもよく似合うと思うよ。試しにつけてみよう」

やだやだと逃げ回ったが、最後は言いなりになってしまった。

首にずっしりと重い高価な枷《かせ》は、不思議と心を掻き立てられる。

「とても似合うよ。素敵だ」

一嶺はそう言うと首飾りを避けるようにして、雪の首筋にくちづけた。

「きみがつけていると神秘的で、とても、……美しい」

抱きしめられて、雪はうっとりと目を閉じる。

自分も母と同じなのかもしれない。

「いつかお母さまのお墓参りに行けるといいね。それと、お父さまを許してあげられるといい。

……雪の心が楽になるためにも」

穏やかな瞳で言われて、素直に頷いた。

「うん……。その時は一嶺も一緒だったら嬉しい。父さまに雪の旦那さまを紹介したいもん」

そう囁くと、抱きしめていた彼の腕に力がこもった。

ちょっと苦しかったけれど、その息苦しさが不思議に嬉しい。

□□□

蒼い薔薇と宝石、何より愛しい旦那さま。

抗いたくても、もう魂は深く囚われている。そう、自分は魅入《みい》られたのだ。

蒼い薔薇と虹色の宝石。明媚《めいび》なきらめきに。

母が胸に秘めていた幸福な沼に、自分も沈んでいる。

因果なことだと溜息をつくが、それは嬉しさから。

天にも昇る気持ちだからだ。

「だいすき、……旦那さま」

雪は幸福そうに呟くと、うっとりと溜息をついた。

end

あとがき

弓月《ゆづき》です。このたびは拙作をお手に取ってくださり、ありがとうございました。

今作では、榊《さかき》空也《くうや》先生にイラストをお願いすることが叶いました！

担当K様に榊先生の絵めっちゃ可愛いですねと何気なく言った数か月後「榊先生、ＯＫです」とのお返事。K様が有能すぎました。キャララフでは激しく美麗な一嶺、愛らしすぎる雪、カッコいい荘寿と霙。そして激ぷりちーな、ちび雪がっ！　おおおお踊りたい気持ちをどう押さえたらいいのだ。榊先生、素敵すぎるイラスト、もう家宝です。ありがとうございました！

今回いつも以上にひどい進捗で担当様、編集部様にはご心配をおかけして申し訳ありません。ワーストでトップになっても仕方がないのですね。次回があれば挽回させてください。

営業、製作、製造、販売、この本に携わってくださった、すべての皆様。ありがとうございました。皆様のご尽力があってこその新刊です。今後とも、よろしくお願いいたします。

読者様。わたくし初のケモ耳です。世相がしんどいことばかりの今こそ、ふんわりストーリーかと思い書きました。嫌なこと忘れ、ほっこりラブラブで和んでいただけたら嬉しいです。

それと弓月は著述業十六年目を迎えました。これもすべて読者様と、編集様、営業様、書店様のお陰です。皆様に育てていただいたからこその快挙。ありがとうございました。

いつも読者様に楽しんでいただける本を目指し、地道に頑張りますので見守ってください。

それでは次の本でお会いできることを、心より祈りつつ。

弓月あや　拝

いつまでも
兵児帯ひらひら
させてて欲しい…
お幸せに…
榊

初出一覧

恋するきつねの旦那さま …………………………… 書き下ろし
恋するきつねと蒼い薔薇 ………………………… 書き下ろし
あとがき ………………………………………………… 書き下ろし

ダリア文庫をお買い上げいただきましてありがとうございます。
この本を読んでのご意見・ご感想・ファンレターをお待ちしております。

〒170-0013 東京都豊島区東池袋3-22-17　東池袋セントラルプレイス5F
(株)フロンティアワークス　ダリア編集部
感想係、または「弓月あや先生」「榊 空也先生」係

恋するきつねの旦那さま

2022年4月20日　第一刷発行

著　者
弓月あや
©AYA YUZUKI 2022
発行者
辻 政英
発行所
株式会社フロンティアワークス
〒170-0013 東京都豊島区東池袋3-22-17
東池袋セントラルプレイス5F
営業　TEL 03-5957-1030
http://www.fwinc.jp/daria/
印刷所
中央精版印刷株式会社